Rumbo al Horizonte

Sara Rojo

Coordinación editorial: M.ª Carmen Díaz-Villarejo
Maquetación: Copibook, S.L.

© Del texto e ilustraciones: Sara Rojo Pérez, 2011
© Macmillan Iberia, S. A., 2011
  c/ Capitán Haya, 1 – planta 14. Edificio Eurocentro
  28020 Madrid (ESPAÑA). Teléfono: (+34) 91 524 94 20
  www.macmillan-lij.es

ISBN: 978-84-7942-842-6
Impreso en China / *Printed in China*
GRUPO MACMILLAN: www.grupomacmillan.com

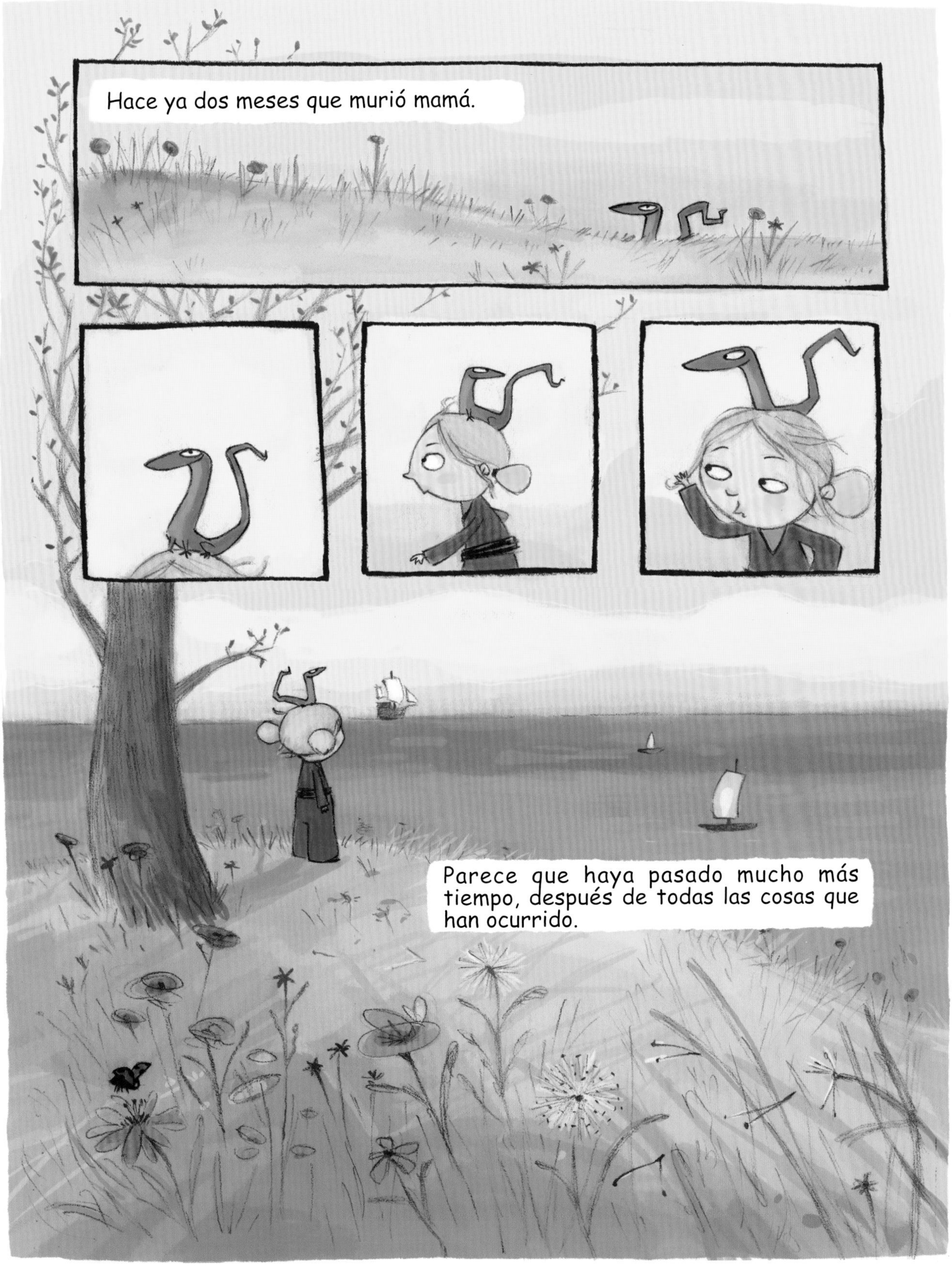
Hace ya dos meses que murió mamá.
Parece que haya pasado mucho más tiempo, después de todas las cosas que han ocurrido.

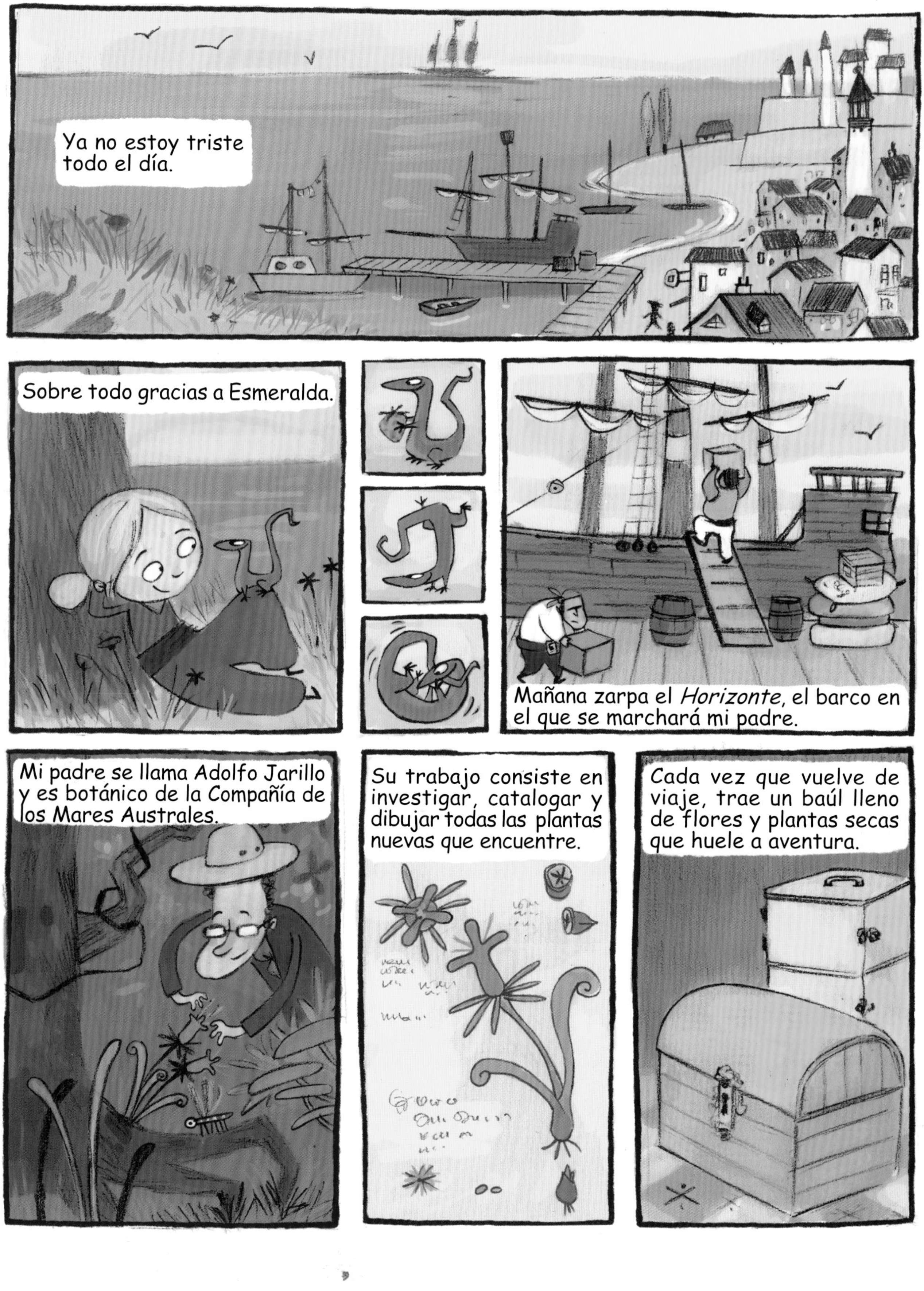
Ya no estoy triste todo el día.
Sobre todo gracias a Esmeralda.
Mañana zarpa el *Horizonte*, el barco en el que se marchará mi padre.
Mi padre se llama Adolfo Jarillo y es botánico de la Compañía de los Mares Australes.
Su trabajo consiste en investigar, catalogar y dibujar todas las plantas nuevas que encuentre.
Cada vez que vuelve de viaje, trae un baúl lleno de flores y plantas secas que huele a aventura.

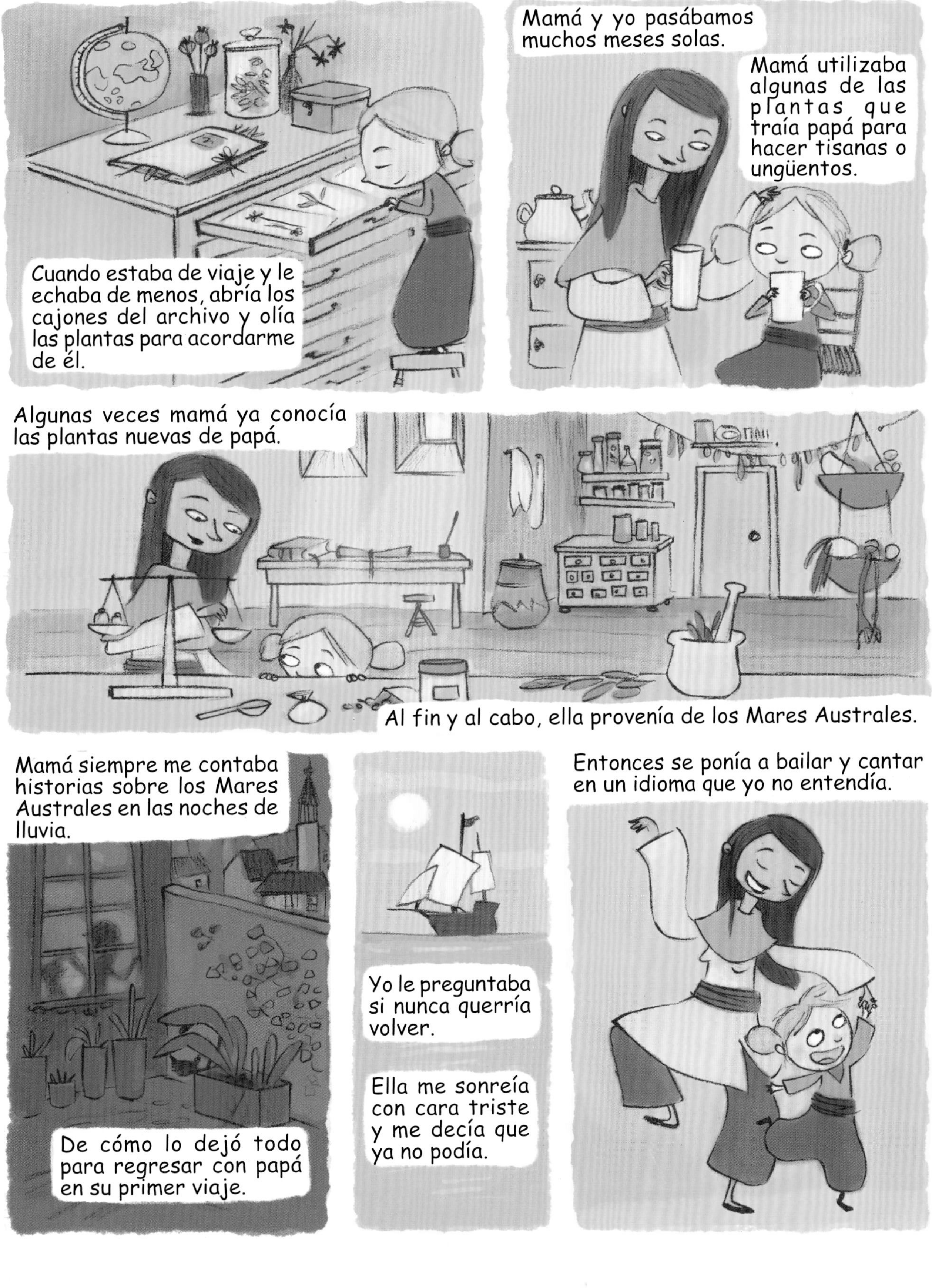

Cuando estaba de viaje y le echaba de menos, abría los cajones del archivo y olía las plantas para acordarme de él.
Mamá y yo pasábamos muchos meses solas.
Mamá utilizaba algunas de las plantas que traía papá para hacer tisanas o ungüentos.
Algunas veces mamá ya conocía las plantas nuevas de papá.
Al fin y al cabo, ella provenía de los Mares Australes.
Mamá siempre me contaba historias sobre los Mares Australes en las noches de lluvia.
De cómo lo dejó todo para regresar con papá en su primer viaje.
Yo le preguntaba si nunca querría volver.
Ella me sonreía con cara triste y me decía que ya no podía.
Entonces se ponía a bailar y cantar en un idioma que yo no entendía.

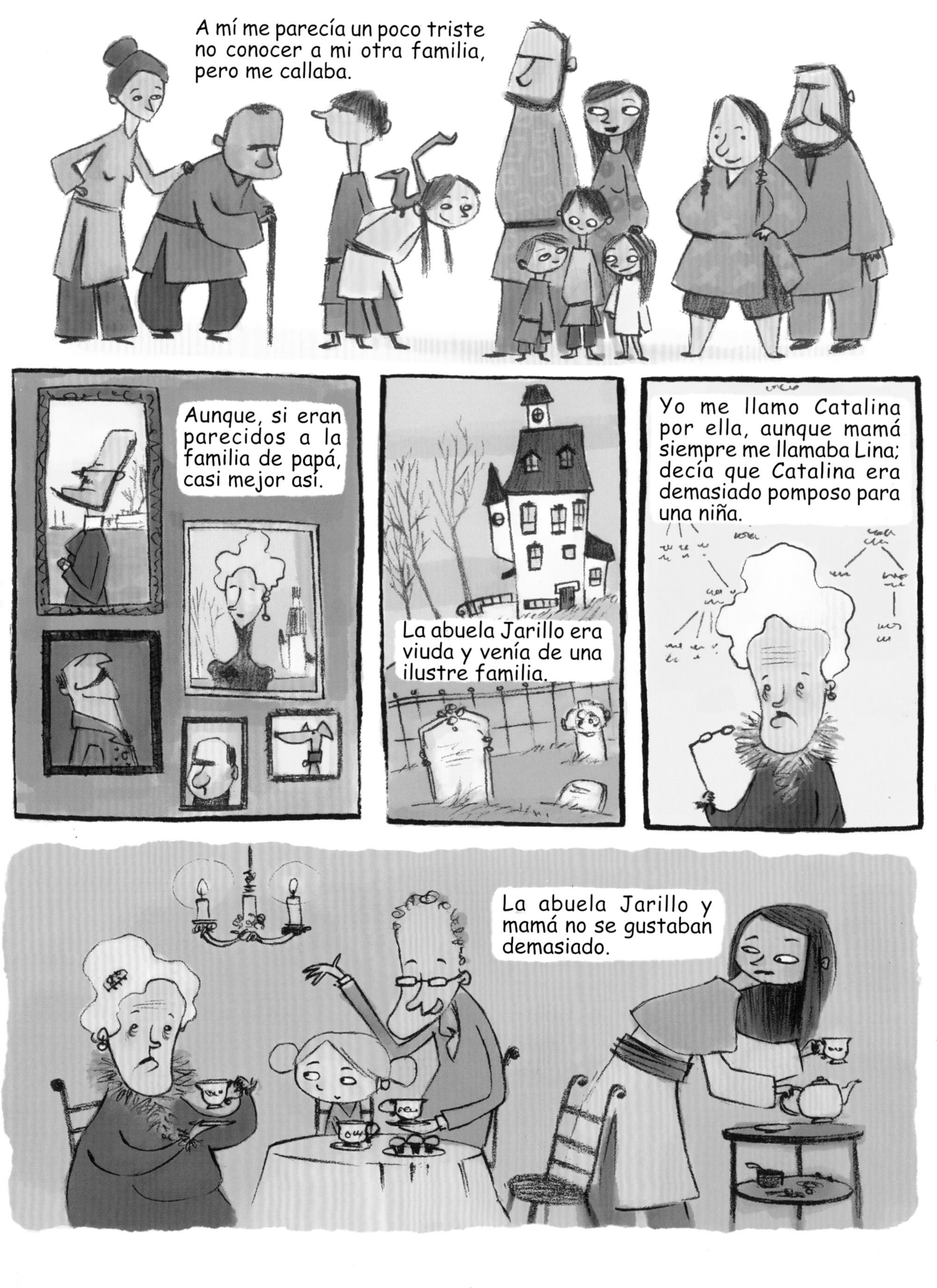
A mí me parecía un poco triste no conocer a mi otra familia, pero me callaba.
Aunque, si eran parecidos a la familia de papá, casi mejor así.
La abuela Jarillo era viuda y venía de una ilustre familia.
Yo me llamo Catalina por ella, aunque mamá siempre me llamaba Lina; decía que Catalina era demasiado pomposo para una niña.
La abuela Jarillo y mamá no se gustaban demasiado.

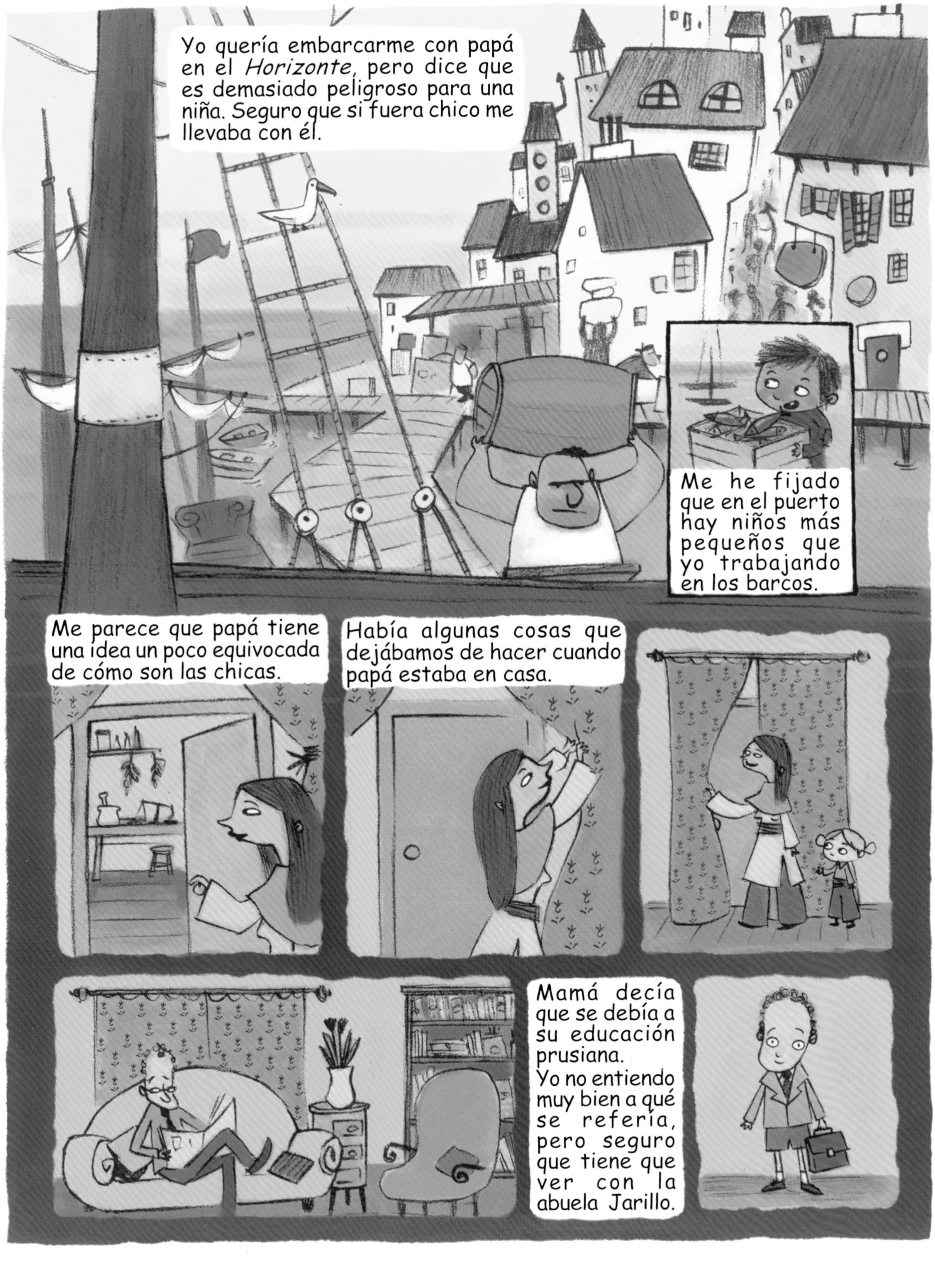

Yo quería embarcarme con papá en el *Horizonte*, pero dice que es demasiado peligroso para una niña. Seguro que si fuera chico me llevaba con él.
Me he fijado que en el puerto hay niños más pequeños que yo trabajando en los barcos.
Me parece que papá tiene una idea un poco equivocada de cómo son las chicas.
Había algunas cosas que dejábamos de hacer cuando papá estaba en casa.
Mamá decía que se debía a su educación prusiana.
Yo no entiendo muy bien a qué se refería, pero seguro que tiene que ver con la abuela Jarillo.

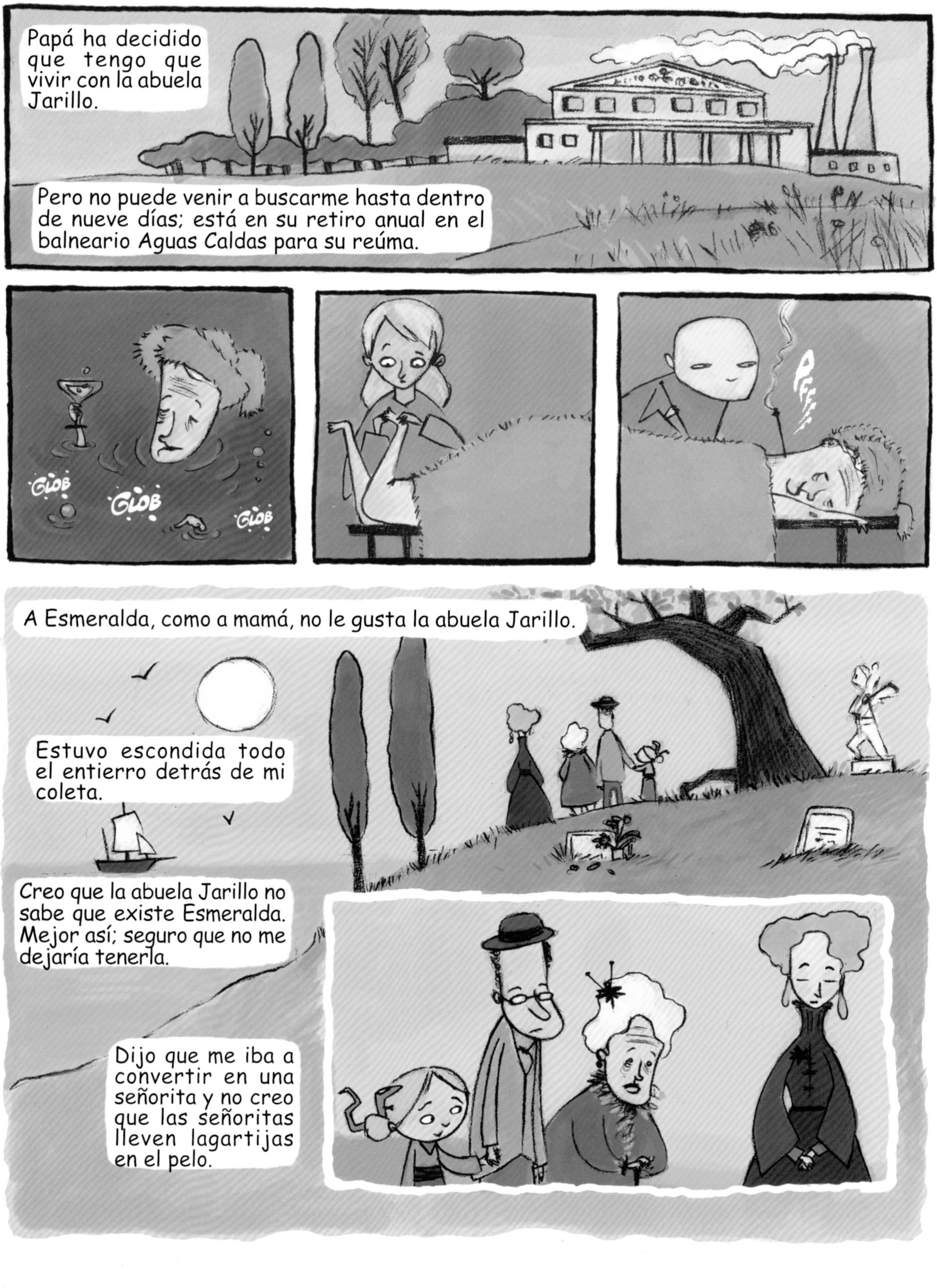

Papá ha decidido que tengo que vivir con la abuela Jarillo.
Pero no puede venir a buscarme hasta dentro de nueve días; está en su retiro anual en el balneario Aguas Caldas para su reúma.
GLOB
GLOB
GLOB
A Esmeralda, como a mamá, no le gusta la abuela Jarillo.
Estuvo escondida todo el entierro detrás de mi coleta.
Creo que la abuela Jarillo no sabe que existe Esmeralda. Mejor así; seguro que no me dejaría tenerla.
Dijo que me iba a convertir en una señorita y no creo que las señoritas lleven lagartijas en el pelo.

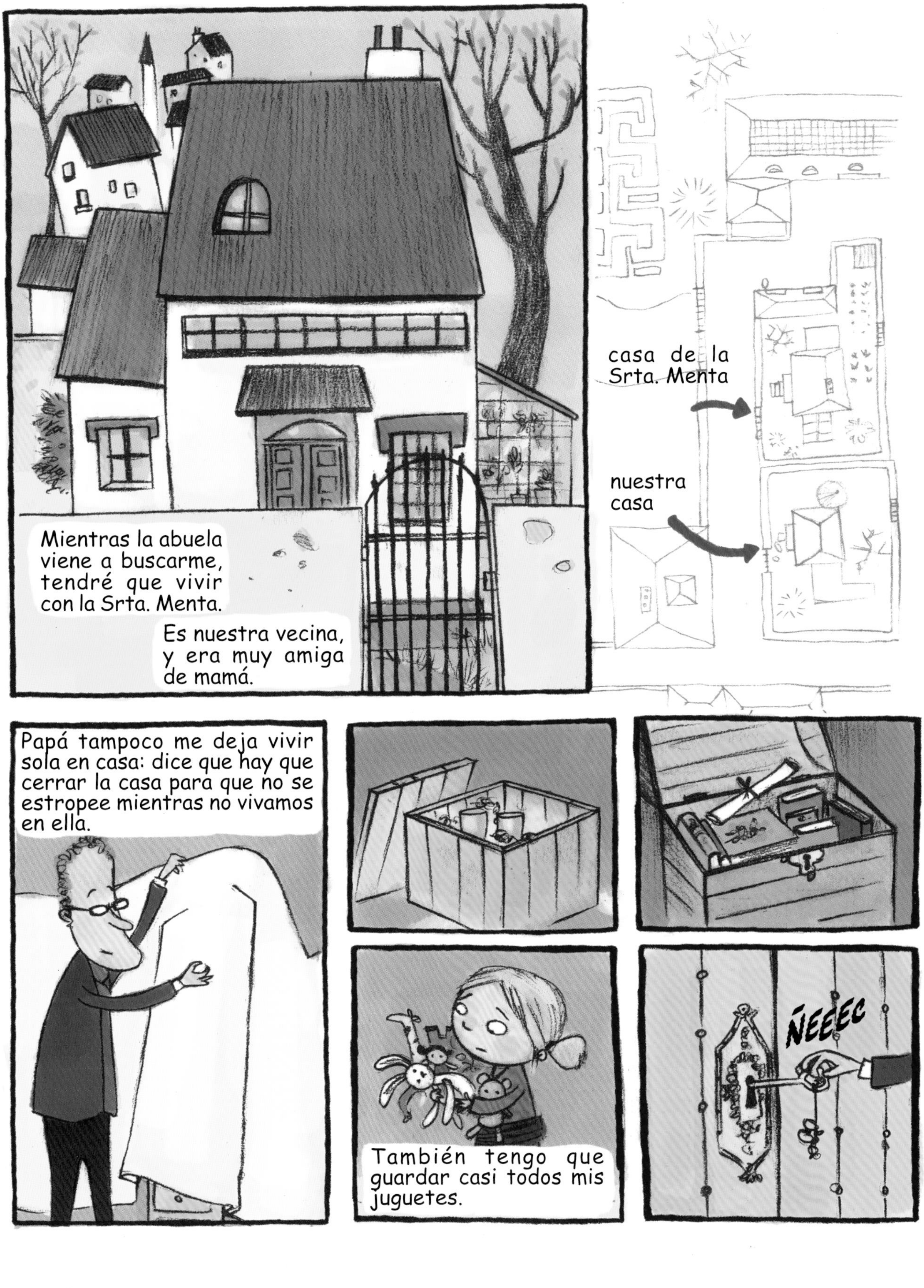

Mientras la abuela viene a buscarme, tendré que vivir con la Srta. Menta.
Es nuestra vecina, y era muy amiga de mamá.
casa de la Srta. Menta
nuestra casa
Papá tampoco me deja vivir sola en casa: dice que hay que cerrar la casa para que no se estropee mientras no vivamos en ella.
También tengo que guardar casi todos mis juguetes.
ÑEEEC

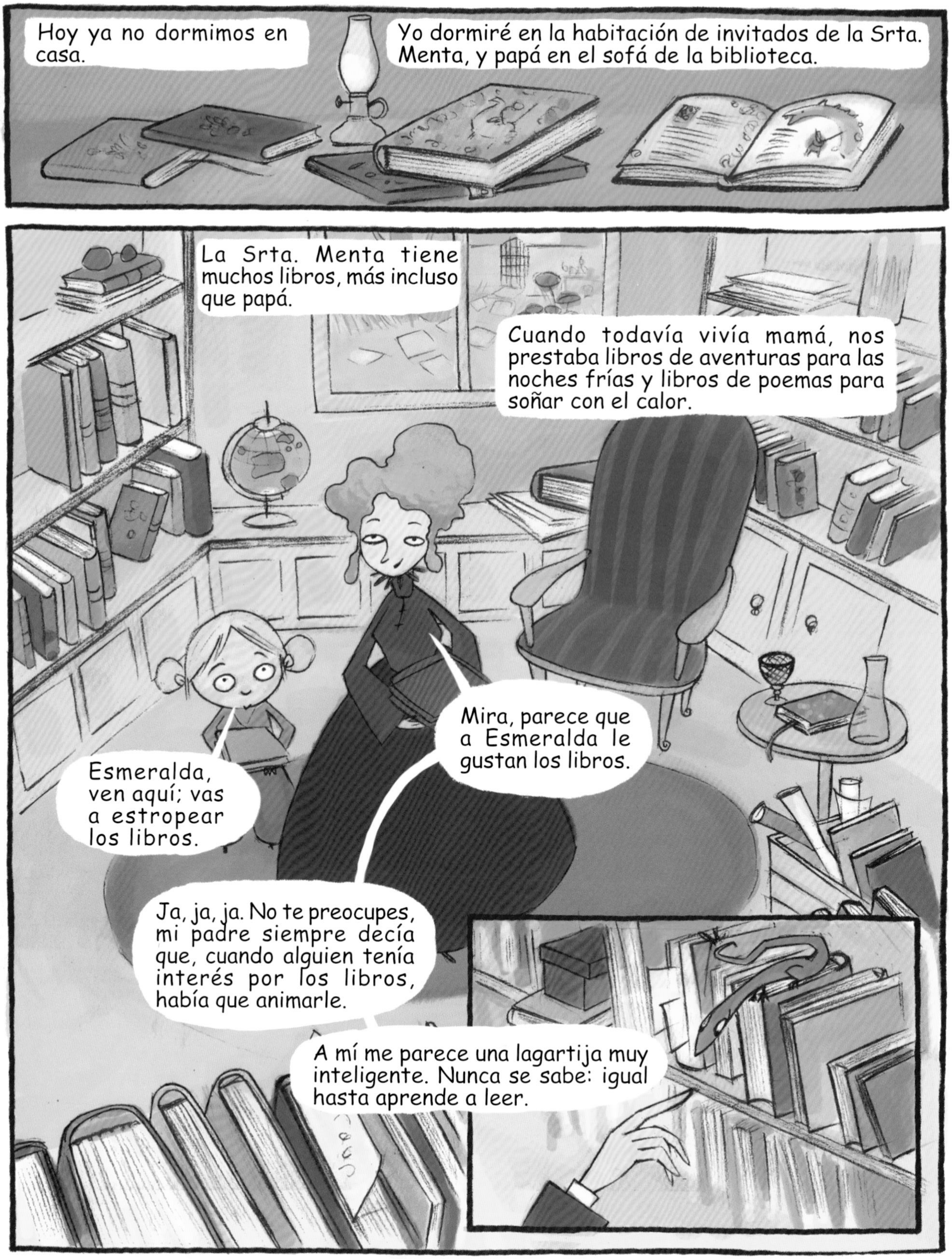
Hoy ya no dormimos en casa.
Yo dormiré en la habitación de invitados de la Srta. Menta, y papá en el sofá de la biblioteca.
La Srta. Menta tiene muchos libros, más incluso que papá.
Cuando todavía vivía mamá, nos prestaba libros de aventuras para las noches frías y libros de poemas para soñar con el calor.
Mira, parece que a Esmeralda le gustan los libros.
Esmeralda, ven aquí; vas a estropear los libros.
Ja, ja, ja. No te preocupes, mi padre siempre decía que, cuando alguien tenía interés por los libros, había que animarle.
A mí me parece una lagartija muy inteligente. Nunca se sabe: igual hasta aprende a leer.

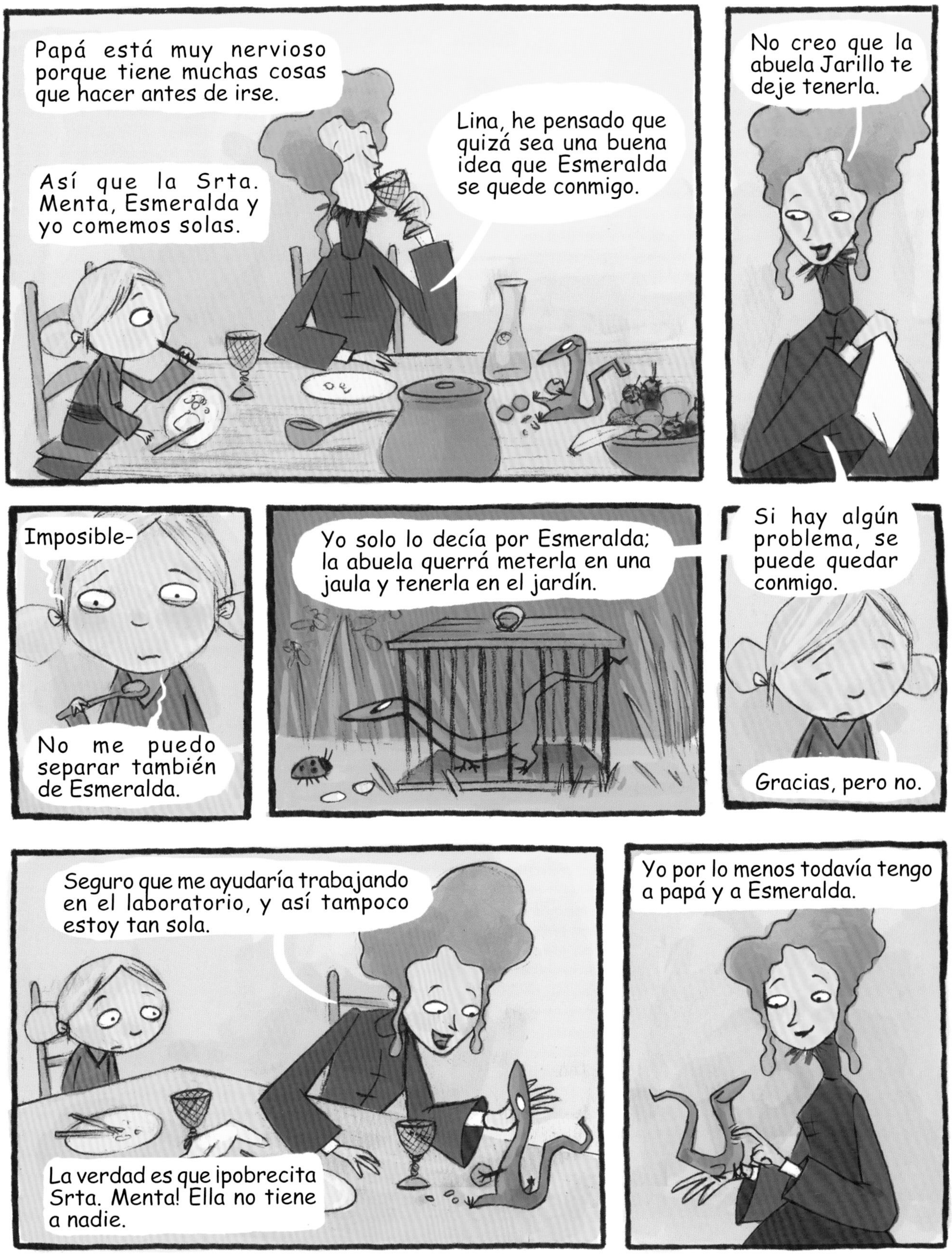

Papá está muy nervioso porque tiene muchas cosas que hacer antes de irse.
Así que la Srta. Menta, Esmeralda y yo comemos solas.
Lina, he pensado que quizá sea una buena idea que Esmeralda se quede conmigo.
No creo que la abuela Jarillo te deje tenerla.
Imposible-
No me puedo separar también de Esmeralda.
Yo solo lo decía por Esmeralda; la abuela querrá meterla en una jaula y tenerla en el jardín.
Si hay algún problema, se puede quedar conmigo.
Gracias, pero no.
Seguro que me ayudaría trabajando en el laboratorio, y así tampoco estoy tan sola.
La verdad es que ¡pobrecita Srta. Menta! Ella no tiene a nadie.
Yo por lo menos todavía tengo a papá y a Esmeralda.

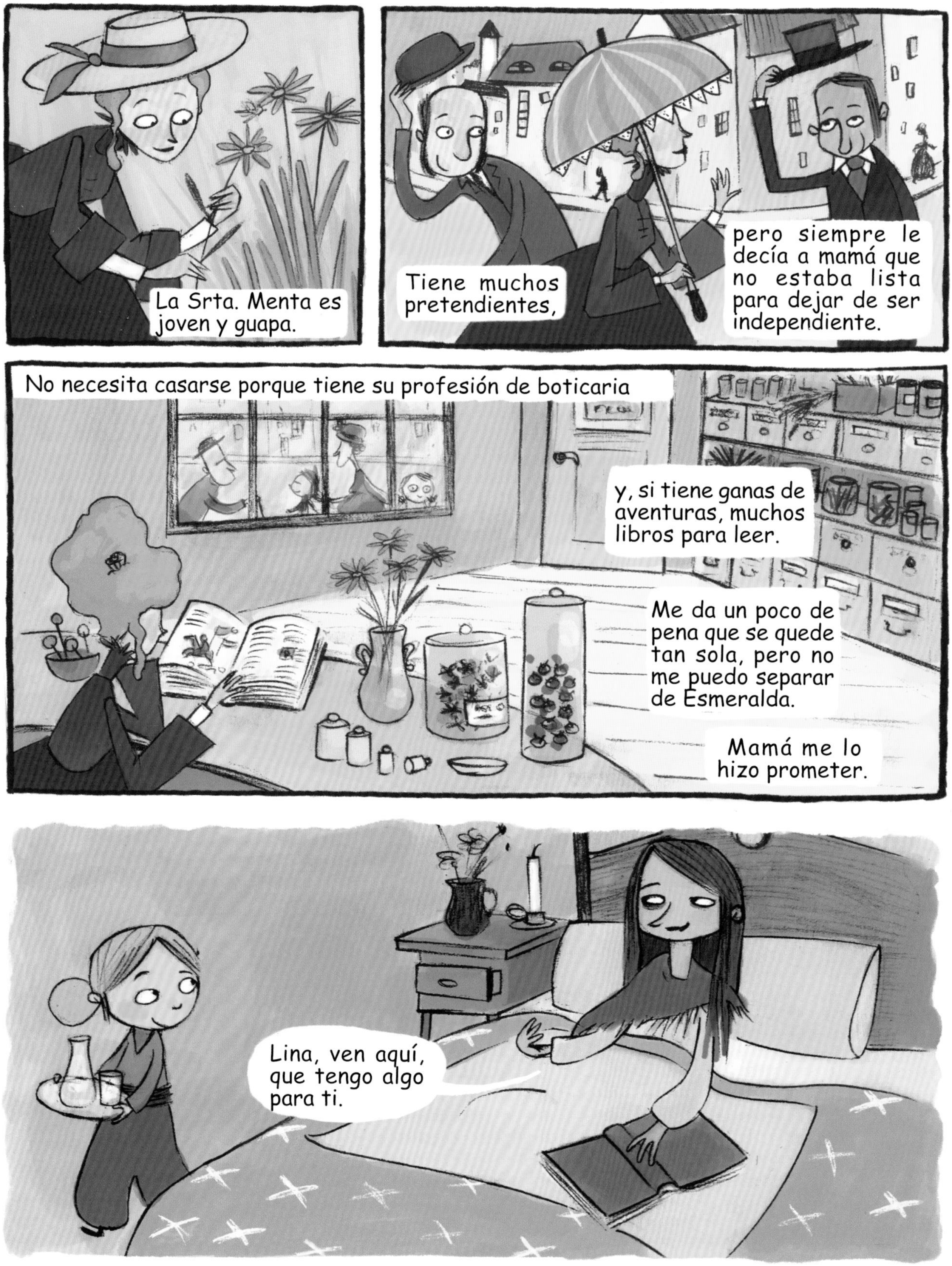
La Srta. Menta es joven y guapa.
Tiene muchos pretendientes,
pero siempre le decía a mamá que no estaba lista para dejar de ser independiente.
No necesita casarse porque tiene su profesión de boticaria
y, si tiene ganas de aventuras, muchos libros para leer.
Me da un poco de pena que se quede tan sola, pero no me puedo separar de Esmeralda.
Mamá me lo hizo prometer.
Lina, ven aquí, que tengo algo para ti.

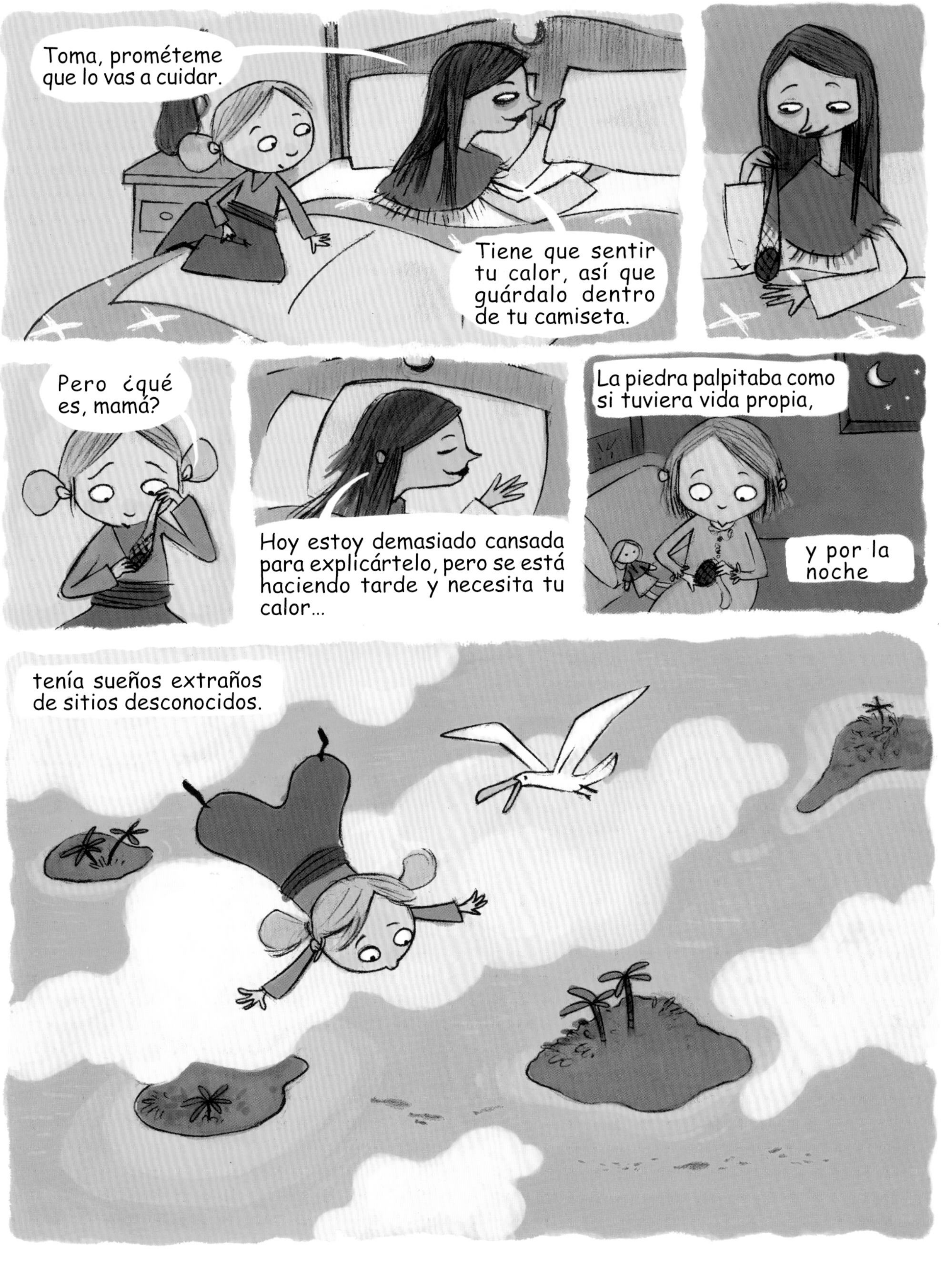

Toma, prométeme que lo vas a cuidar.
Tiene que sentir tu calor, así que guárdalo dentro de tu camiseta.
Pero ¿qué es, mamá?
Hoy estoy demasiado cansada para explicártelo, pero se está haciendo tarde y necesita tu calor...
La piedra palpitaba como si tuviera vida propia,
y por la noche
tenía sueños extraños de sitios desconocidos.

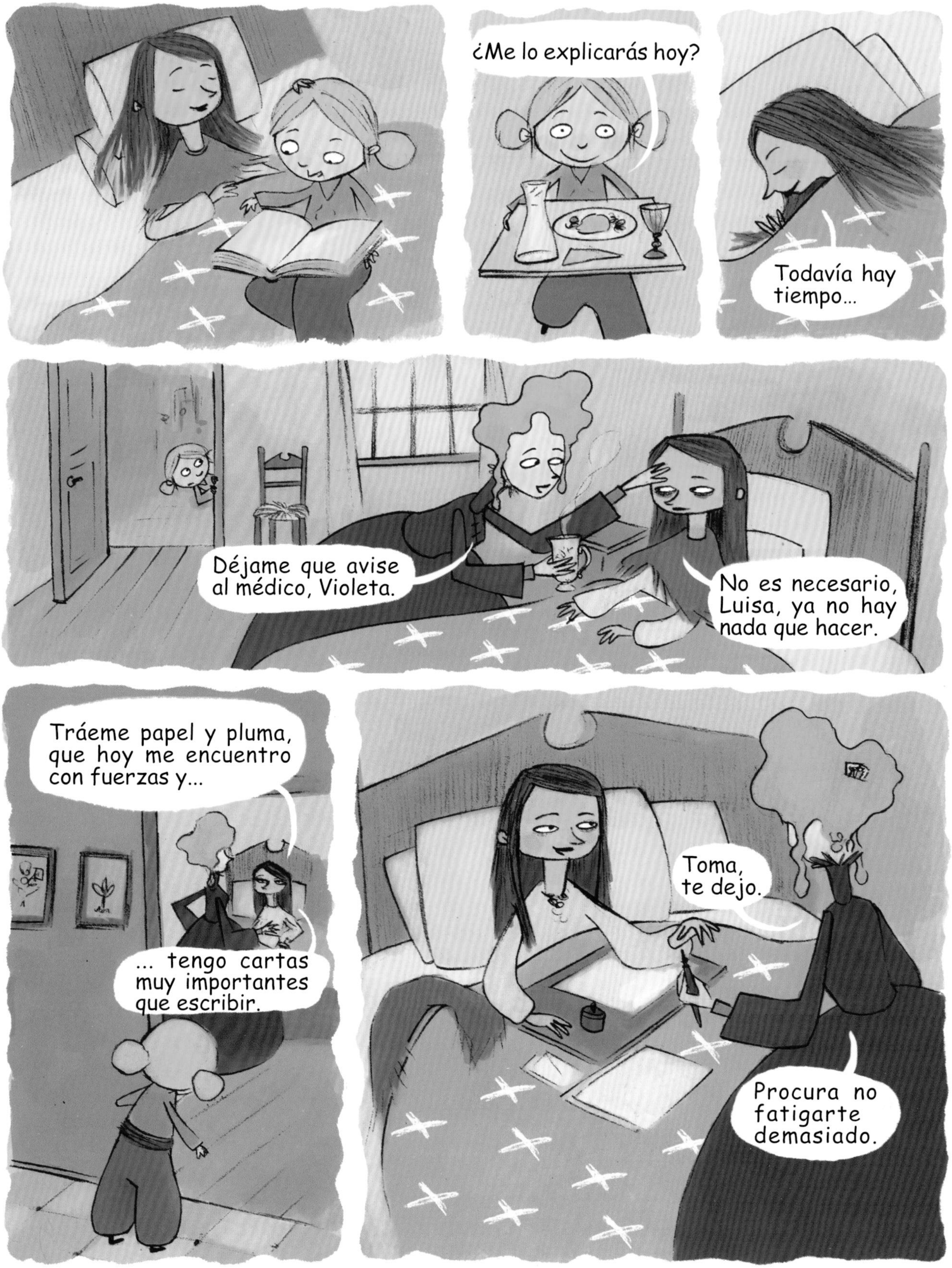
¿Me lo explicarás hoy?
Todavía hay tiempo...
Déjame que avise al médico, Violeta.
No es necesario, Luisa, ya no hay nada que hacer.
Tráeme papel y pluma, que hoy me encuentro con fuerzas y...
... tengo cartas muy importantes que escribir.
Toma, te dejo.
Procura no fatigarte demasiado.

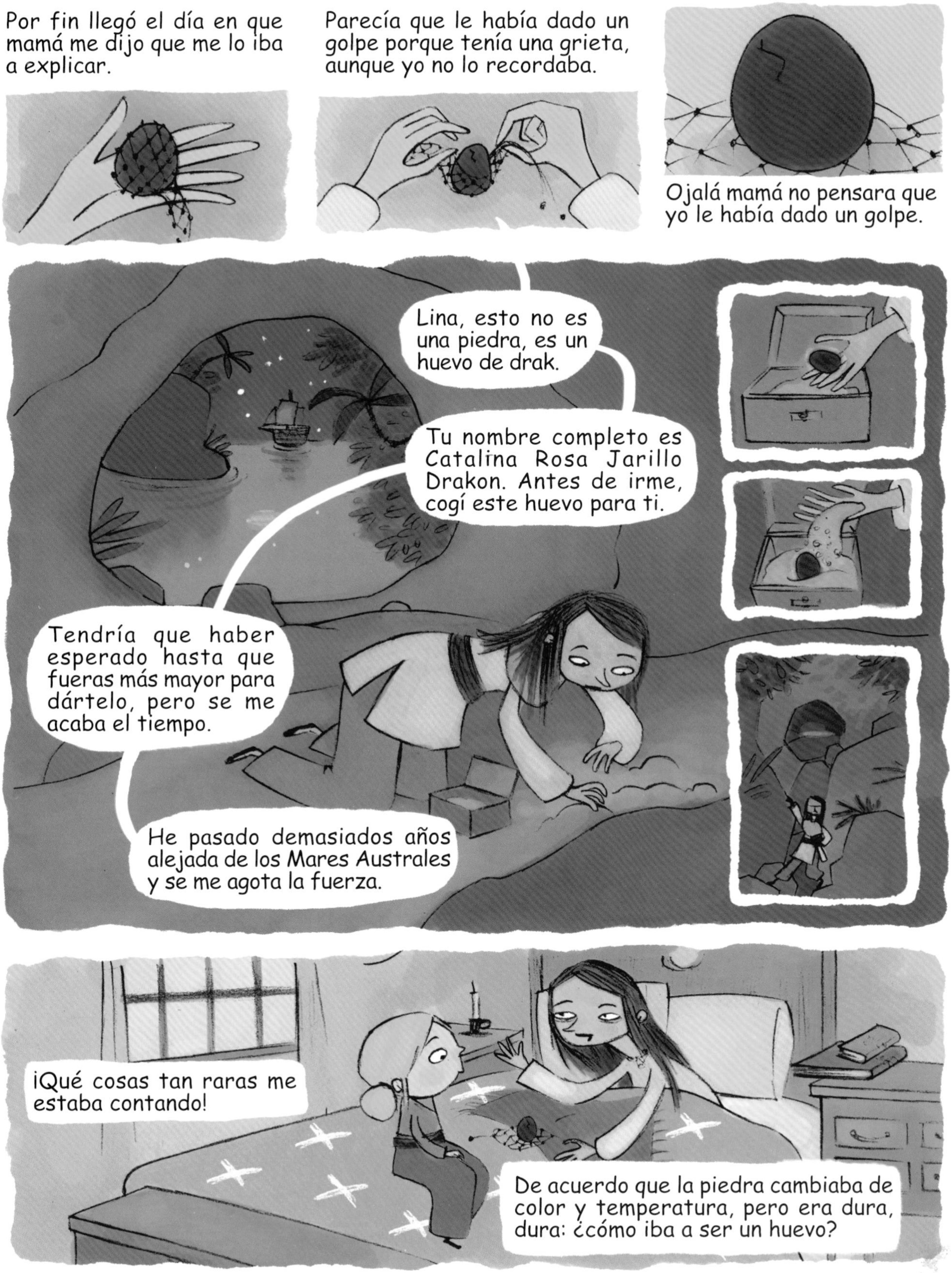

Por fin llegó el día en que mamá me dijo que me lo iba a explicar.
Parecía que le había dado un golpe porque tenía una grieta, aunque yo no lo recordaba.
Ojalá mamá no pensara que yo le había dado un golpe.
Lina, esto no es una piedra, es un huevo de drak.
Tu nombre completo es Catalina Rosa Jarillo Drakon. Antes de irme, cogí este huevo para ti.
Tendría que haber esperado hasta que fueras más mayor para dártelo, pero se me acaba el tiempo.
He pasado demasiados años alejada de los Mares Australes y se me agota la fuerza.
¡Qué cosas tan raras me estaba contando!
De acuerdo que la piedra cambiaba de color y temperatura, pero era dura, dura: ¿cómo iba a ser un huevo?

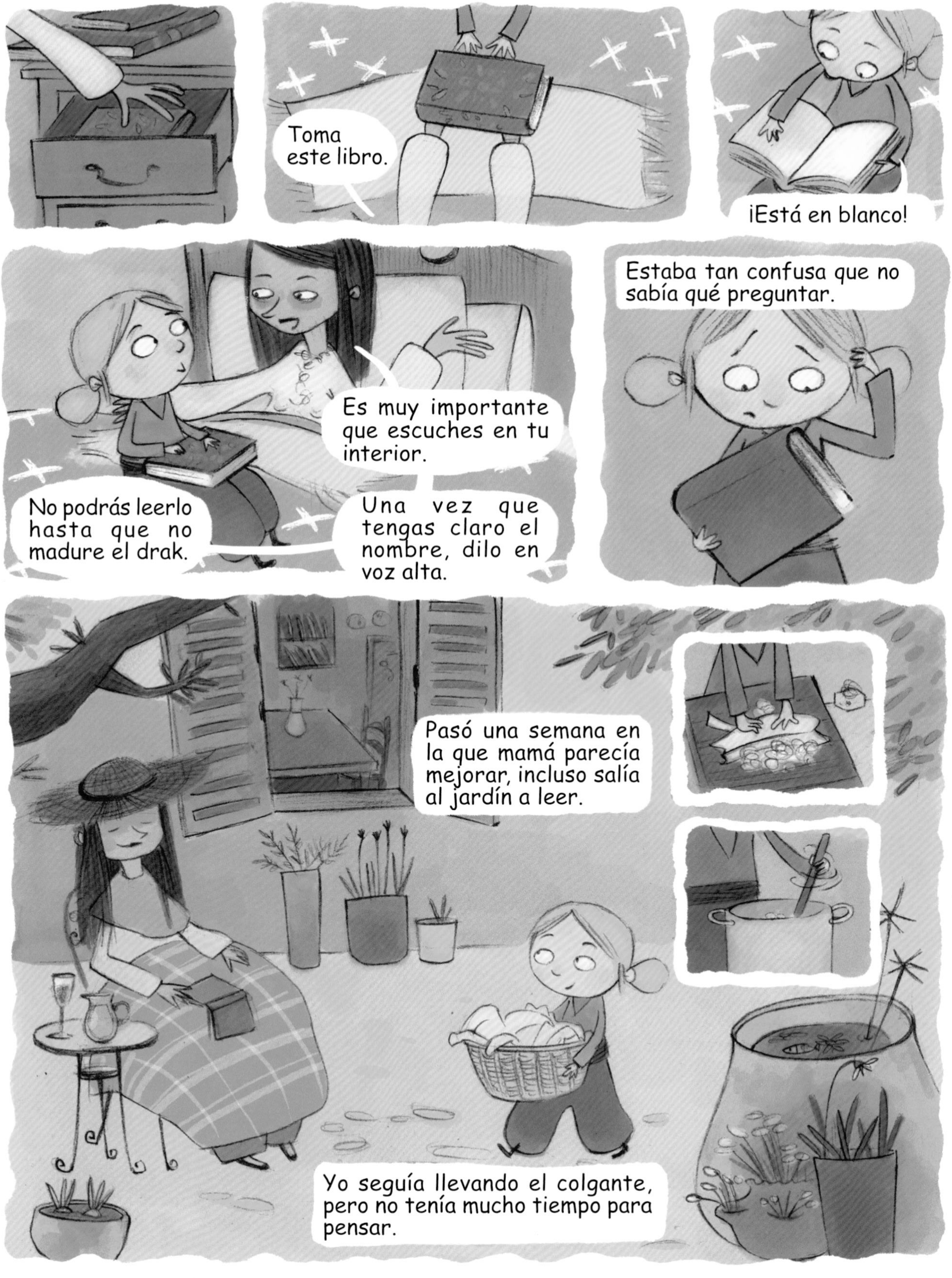
Toma
este libro.
¡Está en blanco!
Es muy importante que escuches en tu interior.
No podrás leerlo hasta que no madure el drak.
Una vez que tengas claro el nombre, dilo en voz alta.
Estaba tan confusa que no sabía qué preguntar.
Pasó una semana en la que mamá parecía mejorar, incluso salía al jardín a leer.
Yo seguía llevando el colgante, pero no tenía mucho tiempo para pensar.

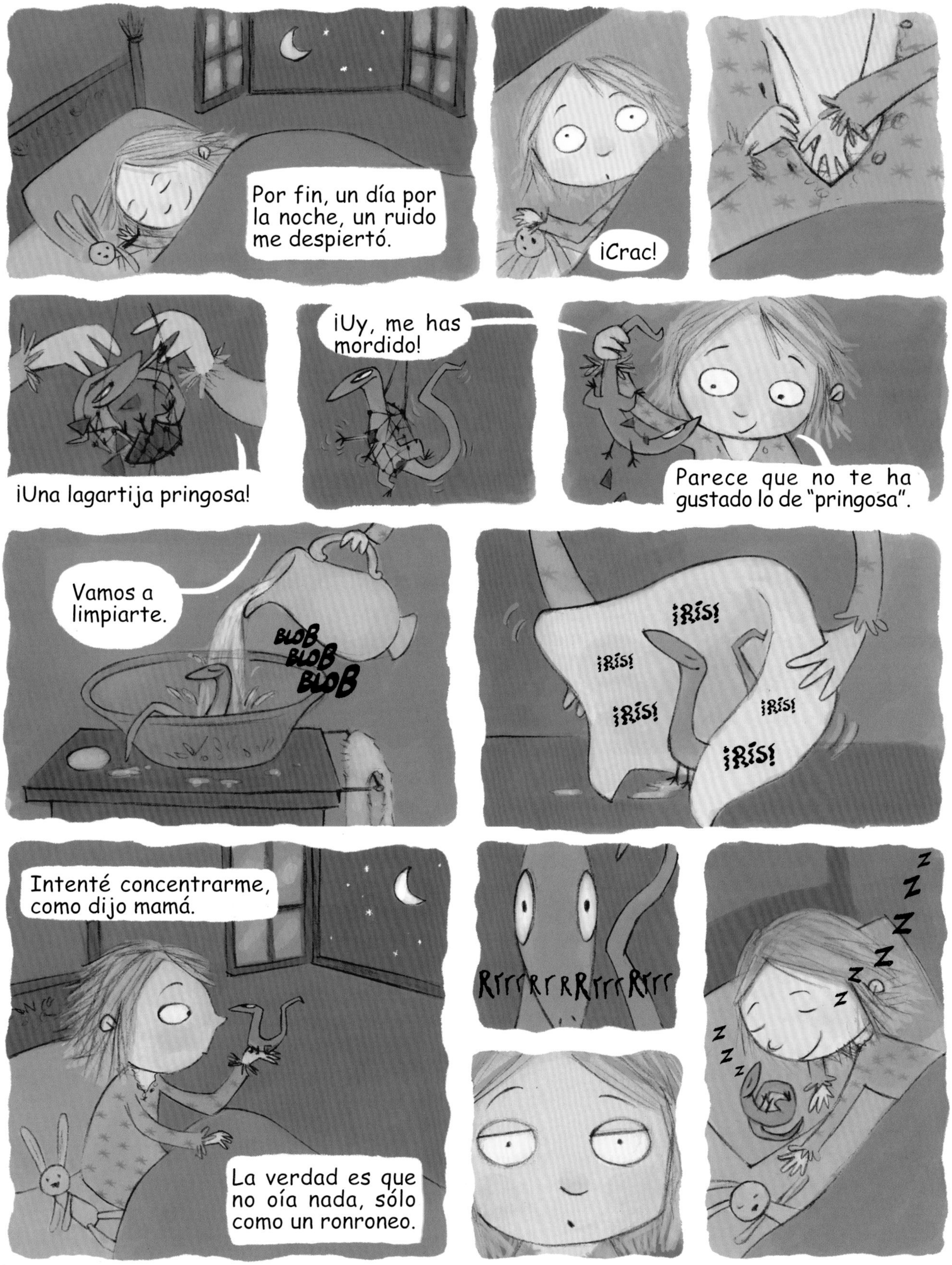
Por fin, un día por la noche, un ruido me despiertó.
¡Crac!
¡Una lagartija pringosa!
¡Uy, me has mordido!
Parece que no te ha gustado lo de "pringosa".
Vamos a limpiarte.
BLOB BLOB BLOB
¡RÍS!
¡RÍS!
¡RÍS!
¡RÍS!
¡RÍS!
Intenté concentrarme, como dijo mamá.
La verdad es que no oía nada, sólo como un ronroneo.
RrrrRrRRrrrRrrr
Z Z Z Z Z Z
Z Z Z

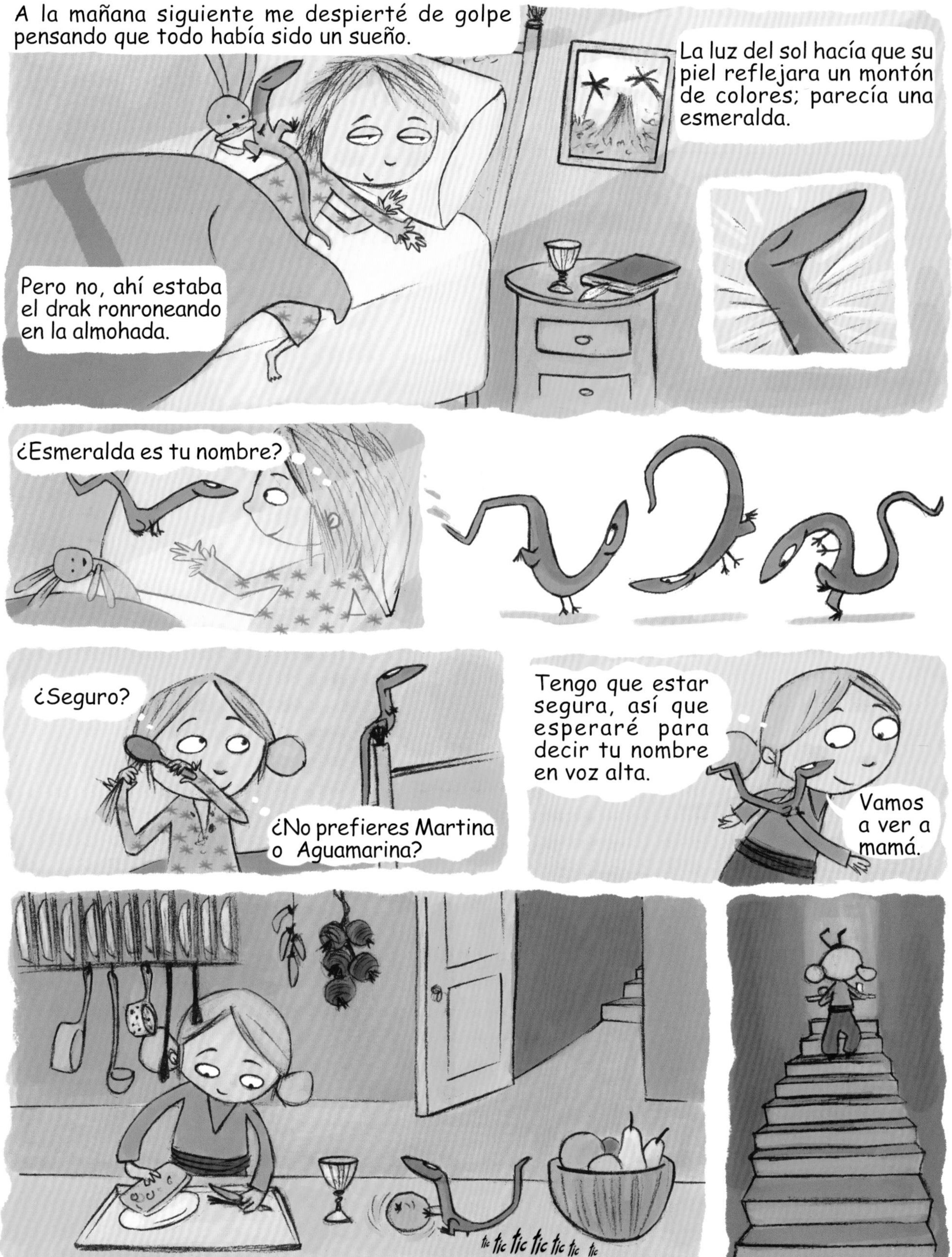
A la mañana siguiente me despierté de golpe pensando que todo había sido un sueño.
La luz del sol hacía que su piel reflejara un montón de colores; parecía una esmeralda.
Pero no, ahí estaba el drak ronroneando en la almohada.
¿Esmeralda es tu nombre?
¿Seguro?
¿No prefieres Martina o Aguamarina?
Tengo que estar segura, así que esperaré para decir tu nombre en voz alta.
Vamos a ver a mamá.
tic tic tic tic tic tic tic

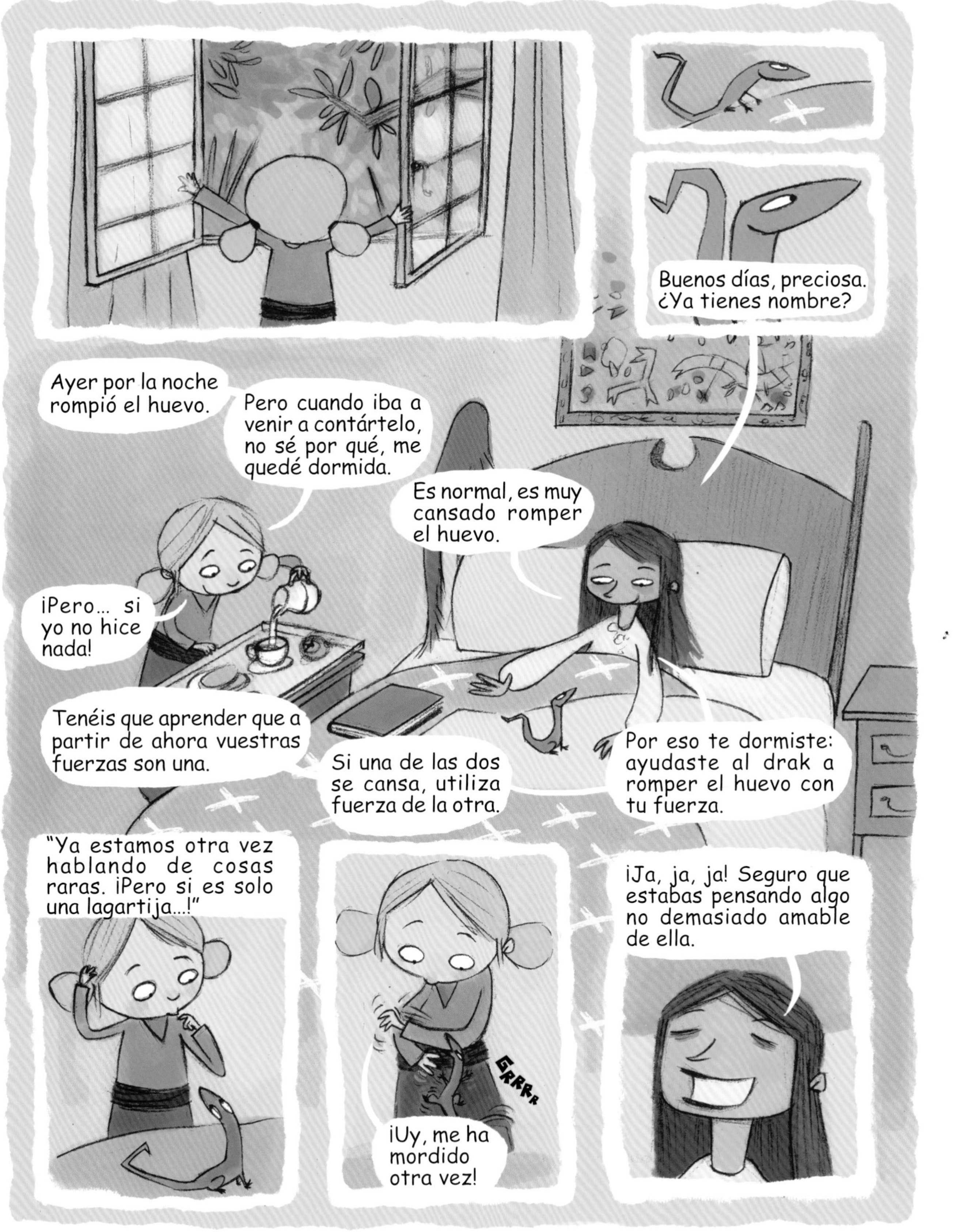
Buenos días, preciosa. ¿Ya tienes nombre?
Ayer por la noche rompió el huevo.
Pero cuando iba a venir a contártelo, no sé por qué, me quedé dormida.
Es normal, es muy cansado romper el huevo.
¡Pero… si yo no hice nada!
Tenéis que aprender que a partir de ahora vuestras fuerzas son una.
Si una de las dos se cansa, utiliza fuerza de la otra.
Por eso te dormiste: ayudaste al drak a romper el huevo con tu fuerza.
"Ya estamos otra vez hablando de cosas raras. ¡Pero si es solo una lagartija…!"
GRRRR
¡Uy, me ha mordido otra vez!
¡Ja, ja, ja! Seguro que estabas pensando algo no demasiado amable de ella.

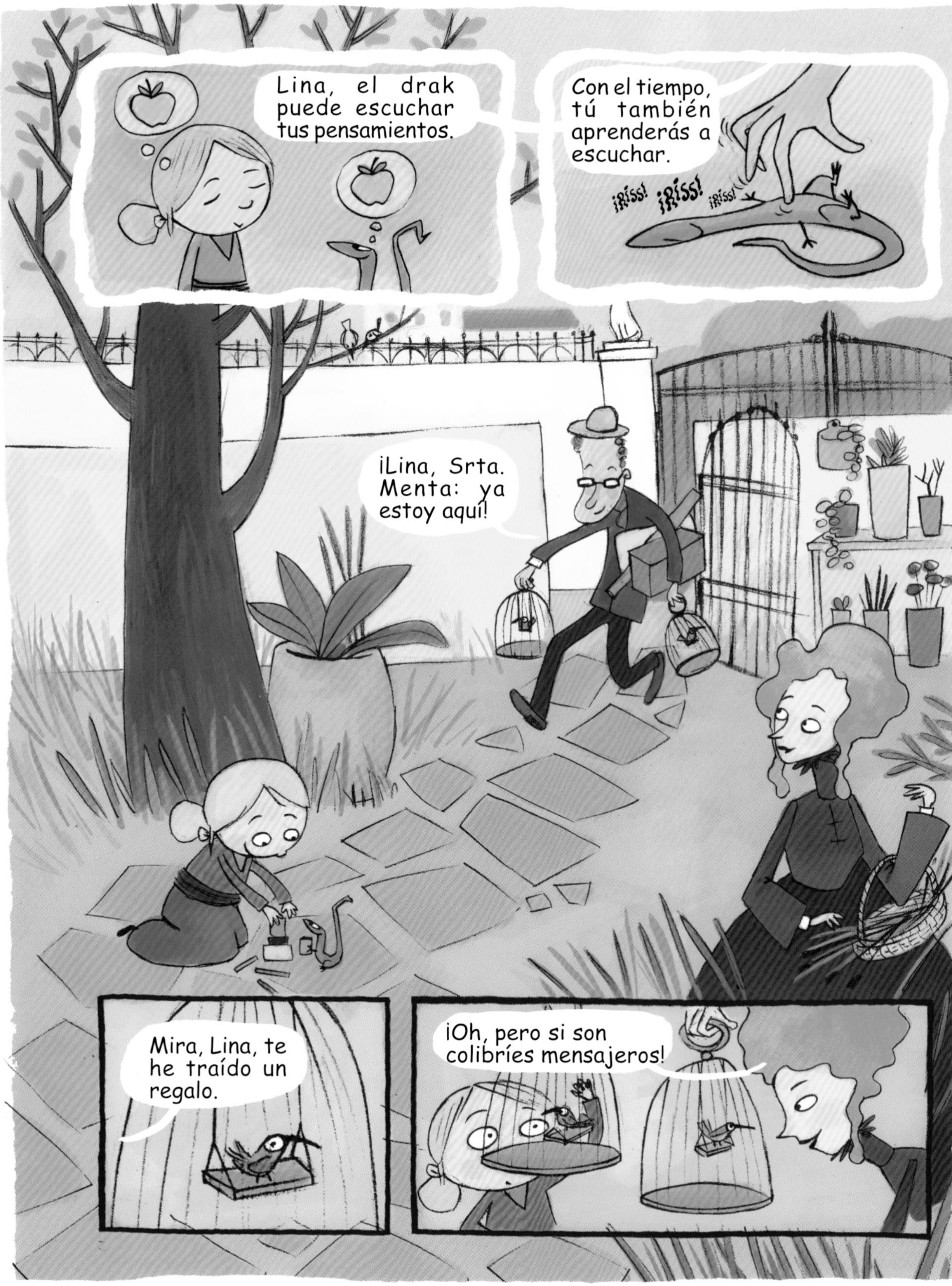
Lina, el drak puede escuchar tus pensamientos.
Con el tiempo, tú también aprenderás a escuchar.
¡RÍSS! ¡RÍSS! ¡RÍSS!
¡Lina, Srta. Menta: ya estoy aquí!
Mira, Lina, te he traído un regalo.
¡Oh, pero si son colibríes mensajeros!

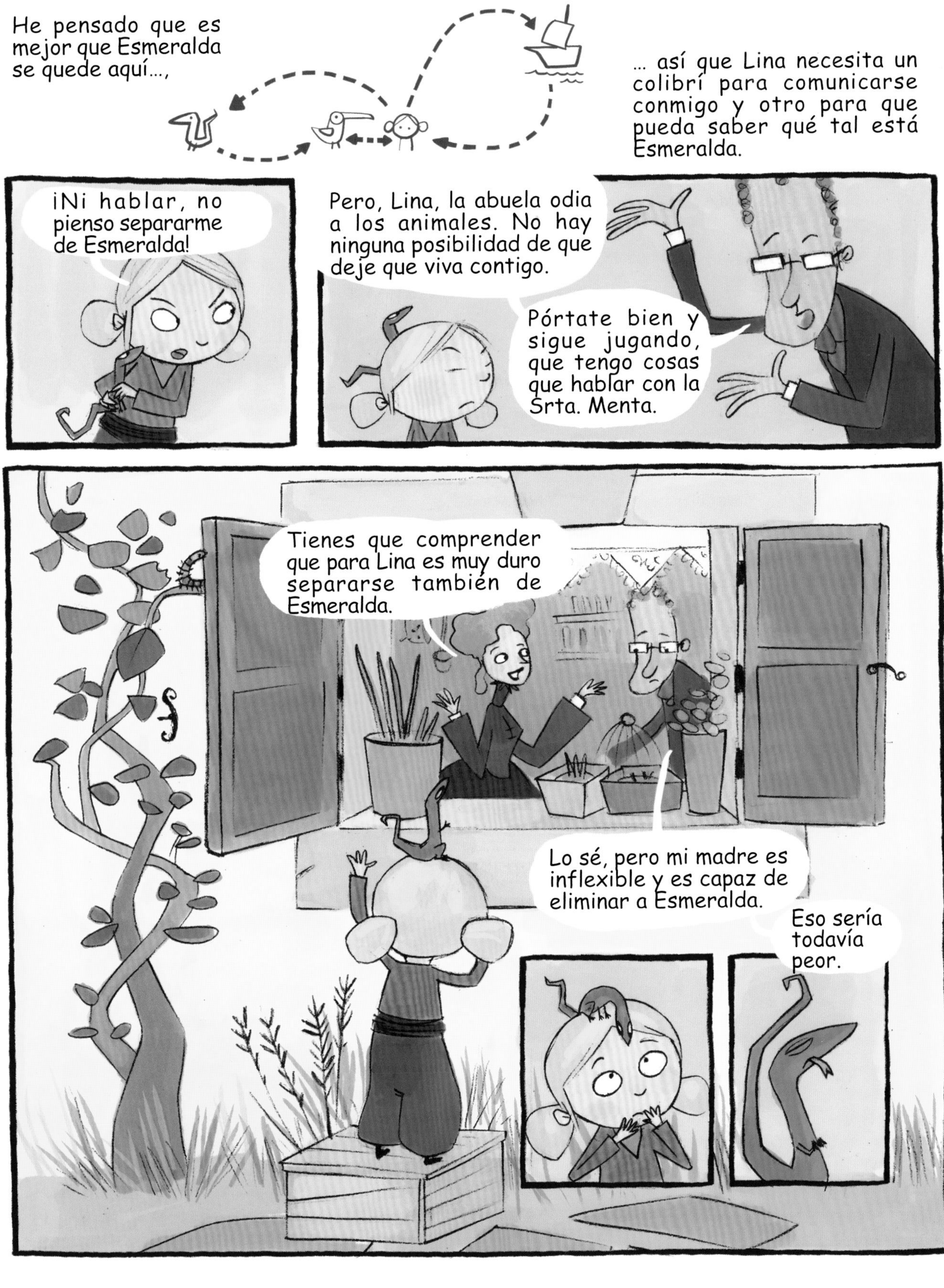
He pensado que es mejor que Esmeralda se quede aquí…,
… así que Lina necesita un colibrí para comunicarse conmigo y otro para que pueda saber qué tal está Esmeralda.
¡Ni hablar, no pienso separarme de Esmeralda!
Pero, Lina, la abuela odia a los animales. No hay ninguna posibilidad de que deje que viva contigo.
Pórtate bien y sigue jugando, que tengo cosas que hablar con la Srta. Menta.
Tienes que comprender que para Lina es muy duro separarse también de Esmeralda.
Lo sé, pero mi madre es inflexible y es capaz de eliminar a Esmeralda.
Eso sería todavía peor.

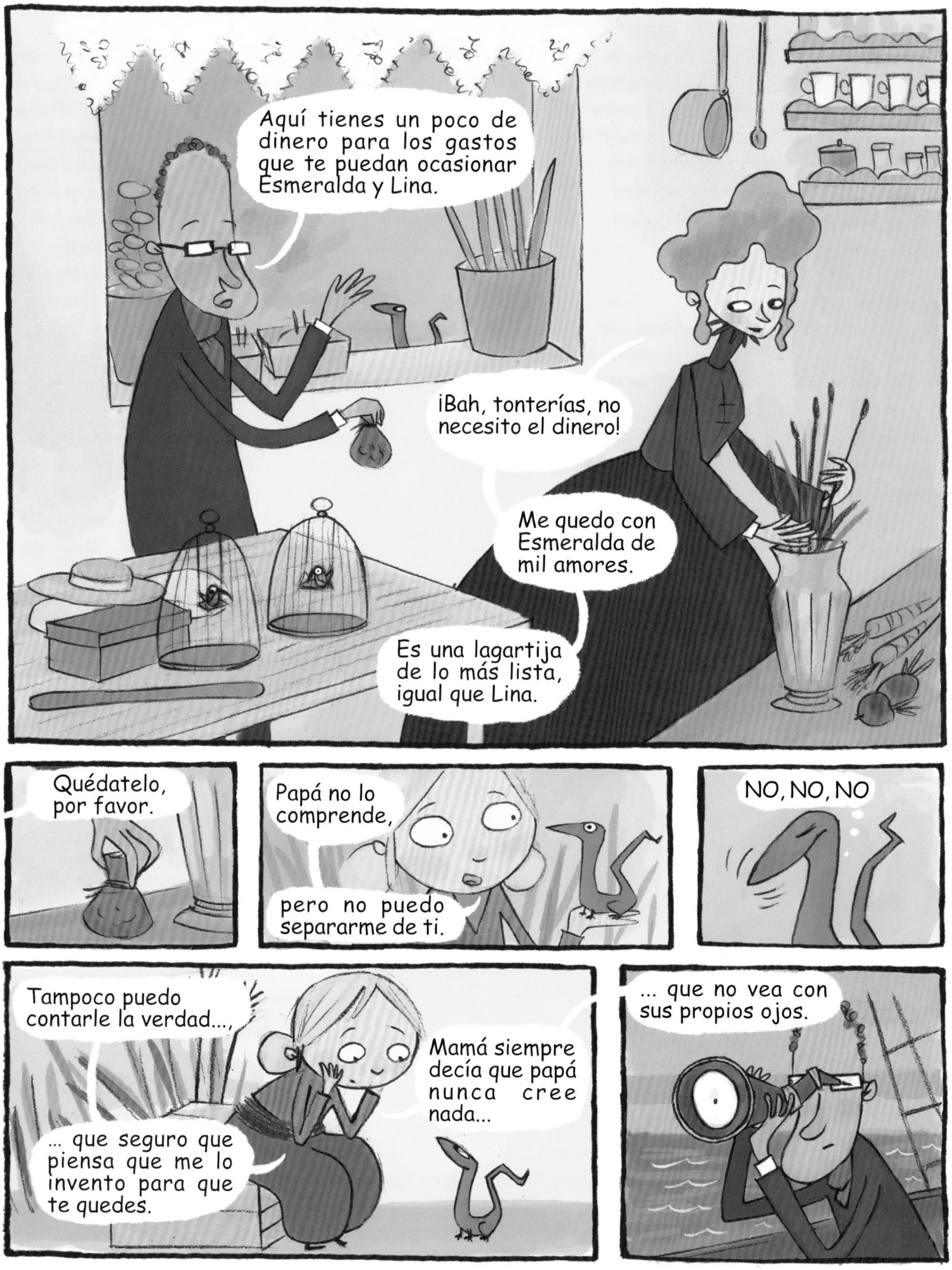
Aquí tienes un poco de dinero para los gastos que te puedan ocasionar Esmeralda y Lina.
¡Bah, tonterías, no necesito el dinero!
Me quedo con Esmeralda de mil amores.
Es una lagartija de lo más lista, igual que Lina.
Quédatelo, por favor.
Papá no lo comprende,
pero no puedo separarme de ti.
NO, NO, NO
Tampoco puedo contarle la verdad...,
... que seguro que piensa que me lo invento para que te quedes.
Mamá siempre decía que papá nunca cree nada...
... que no vea con sus propios ojos.

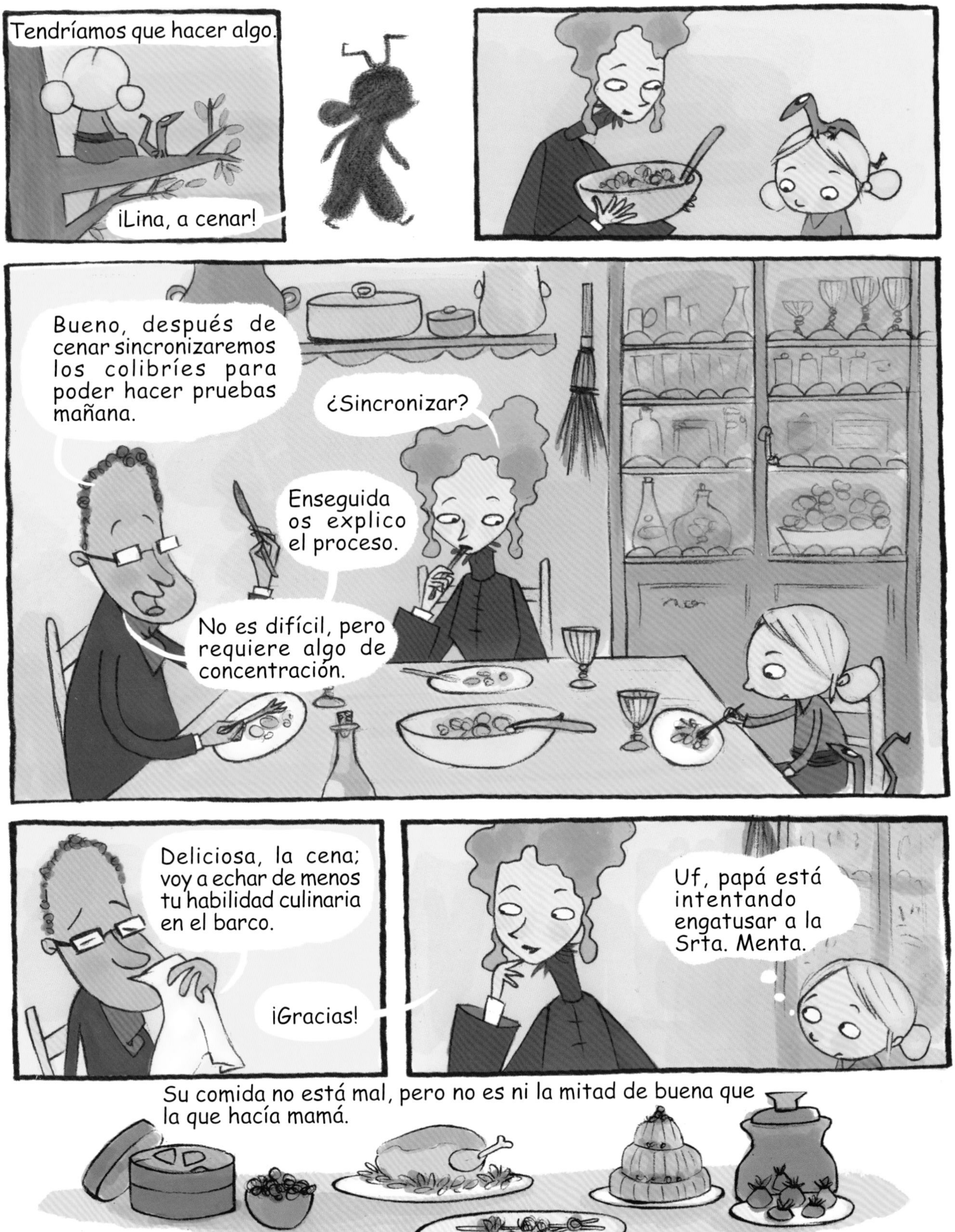
Tendríamos que hacer algo.
¡Lina, a cenar!
Bueno, después de cenar sincronizaremos los colibríes para poder hacer pruebas mañana.
¿Sincronizar?
Enseguida os explico el proceso.
No es difícil, pero requiere algo de concentración.
Deliciosa, la cena; voy a echar de menos tu habilidad culinaria en el barco.
¡Gracias!
Uf, papá está intentando engatusar a la Srta. Menta.
Su comida no está mal, pero no es ni la mitad de buena que la que hacía mamá.

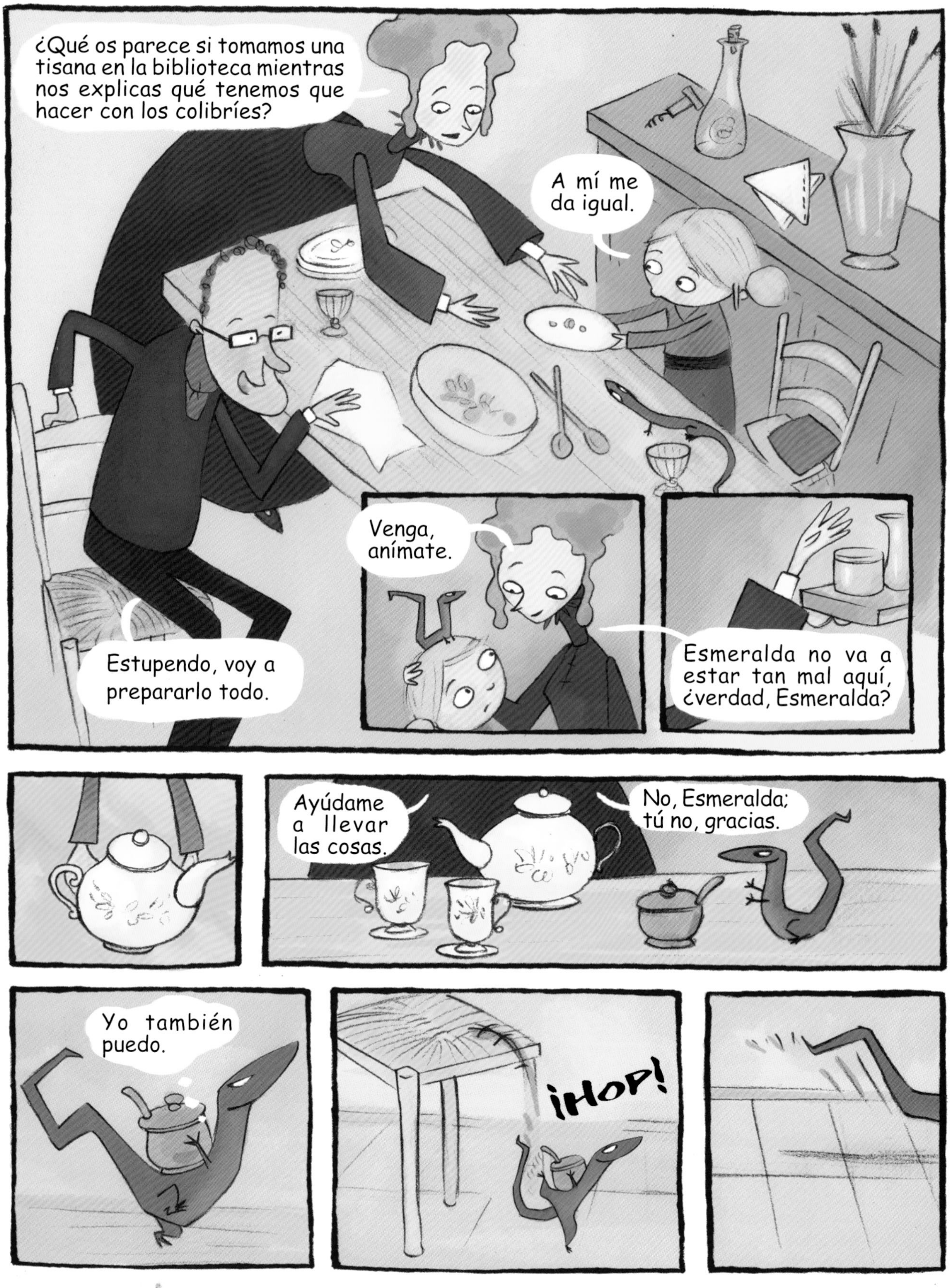
¿Qué os parece si tomamos una tisana en la biblioteca mientras nos explicas qué tenemos que hacer con los colibríes?
A mí me da igual.
Estupendo, voy a prepararlo todo.
Venga, anímate.
Esmeralda no va a estar tan mal aquí, ¿verdad, Esmeralda?
Ayúdame a llevar las cosas.
No, Esmeralda; tú no, gracias.
Yo también puedo.
¡HOP!

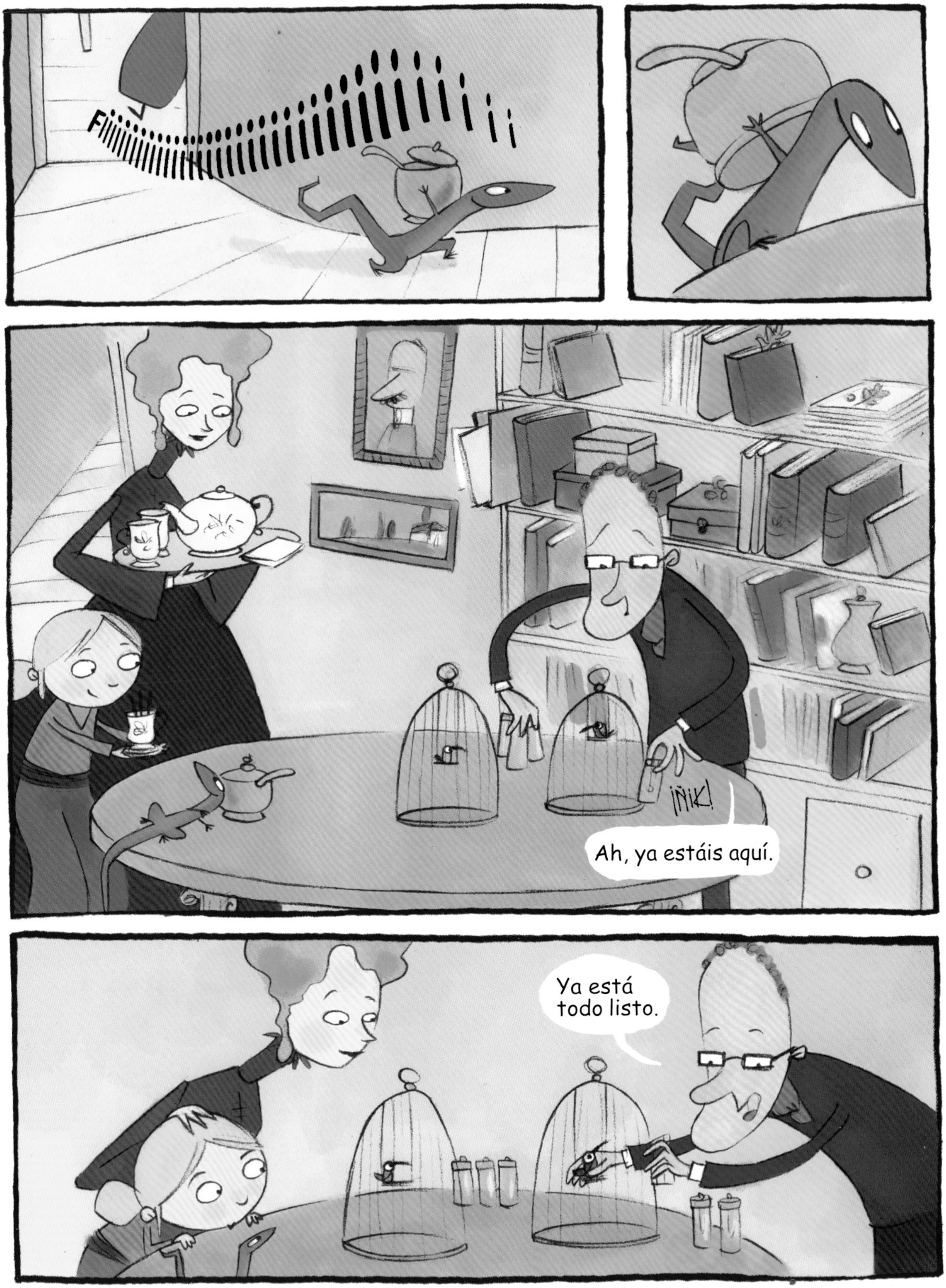
Fiiiiiiiiiiiiiiiiiiiiiiiiiiiiiiiiii
¡ÑIK!
Ah, ya estáis aquí.
Ya está todo listo.

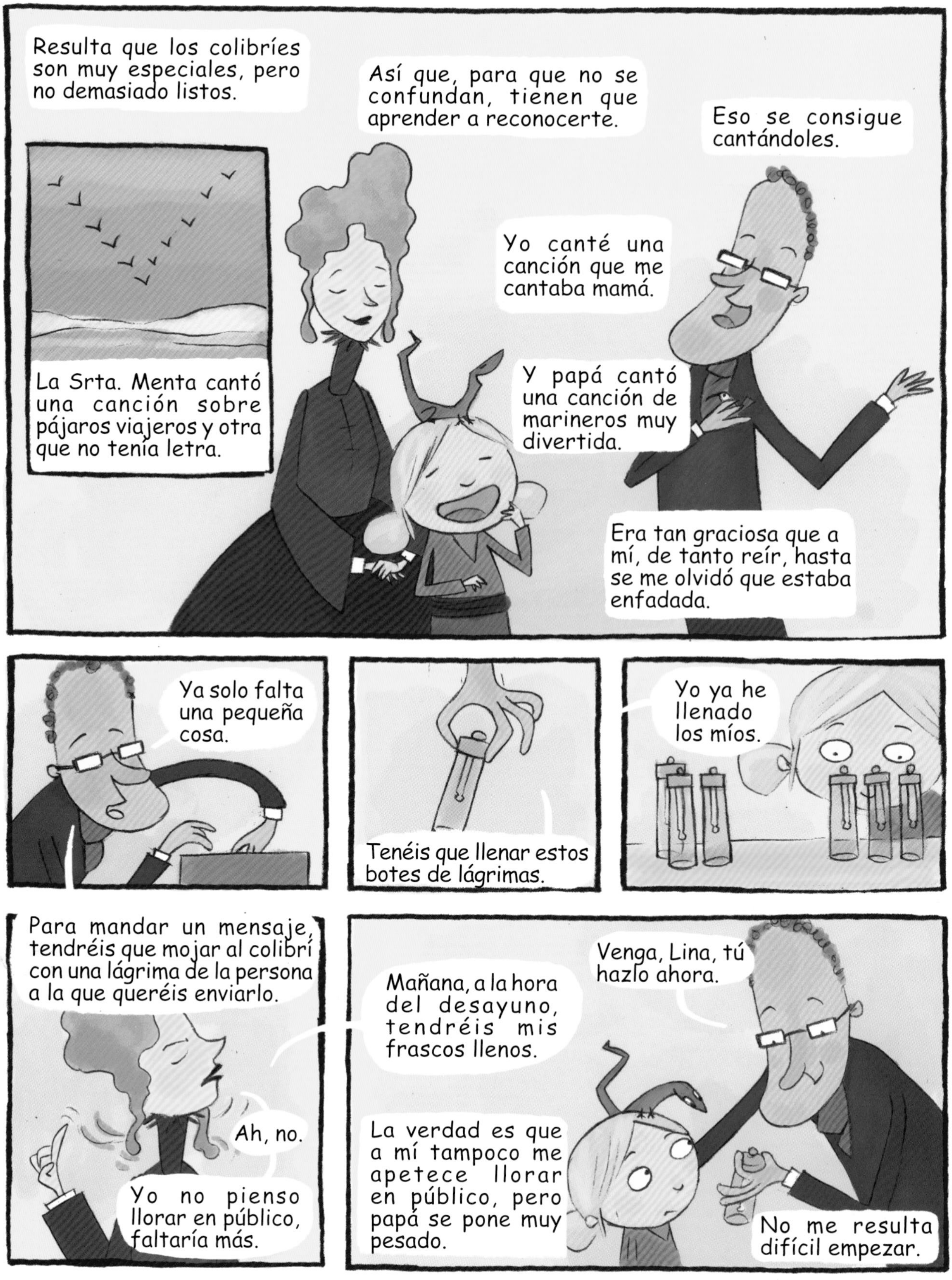
Resulta que los colibríes son muy especiales, pero no demasiado listos.
Así que, para que no se confundan, tienen que aprender a reconocerte.
Eso se consigue cantándoles.
La Srta. Menta cantó una canción sobre pájaros viajeros y otra que no tenía letra.
Yo canté una canción que me cantaba mamá.
Y papá cantó una canción de marineros muy divertida.
Era tan graciosa que a mí, de tanto reír, hasta se me olvidó que estaba enfadada.
Ya solo falta una pequeña cosa.
Tenéis que llenar estos botes de lágrimas.
Yo ya he llenado los míos.
Para mandar un mensaje, tendréis que mojar al colibrí con una lágrima de la persona a la que queréis enviarlo.
Ah, no.
Yo no pienso llorar en público, faltaría más.
Mañana, a la hora del desayuno, tendréis mis frascos llenos.
Venga, Lina, tú hazlo ahora.
La verdad es que a mí tampoco me apetece llorar en público, pero papá se pone muy pesado.
No me resulta difícil empezar.

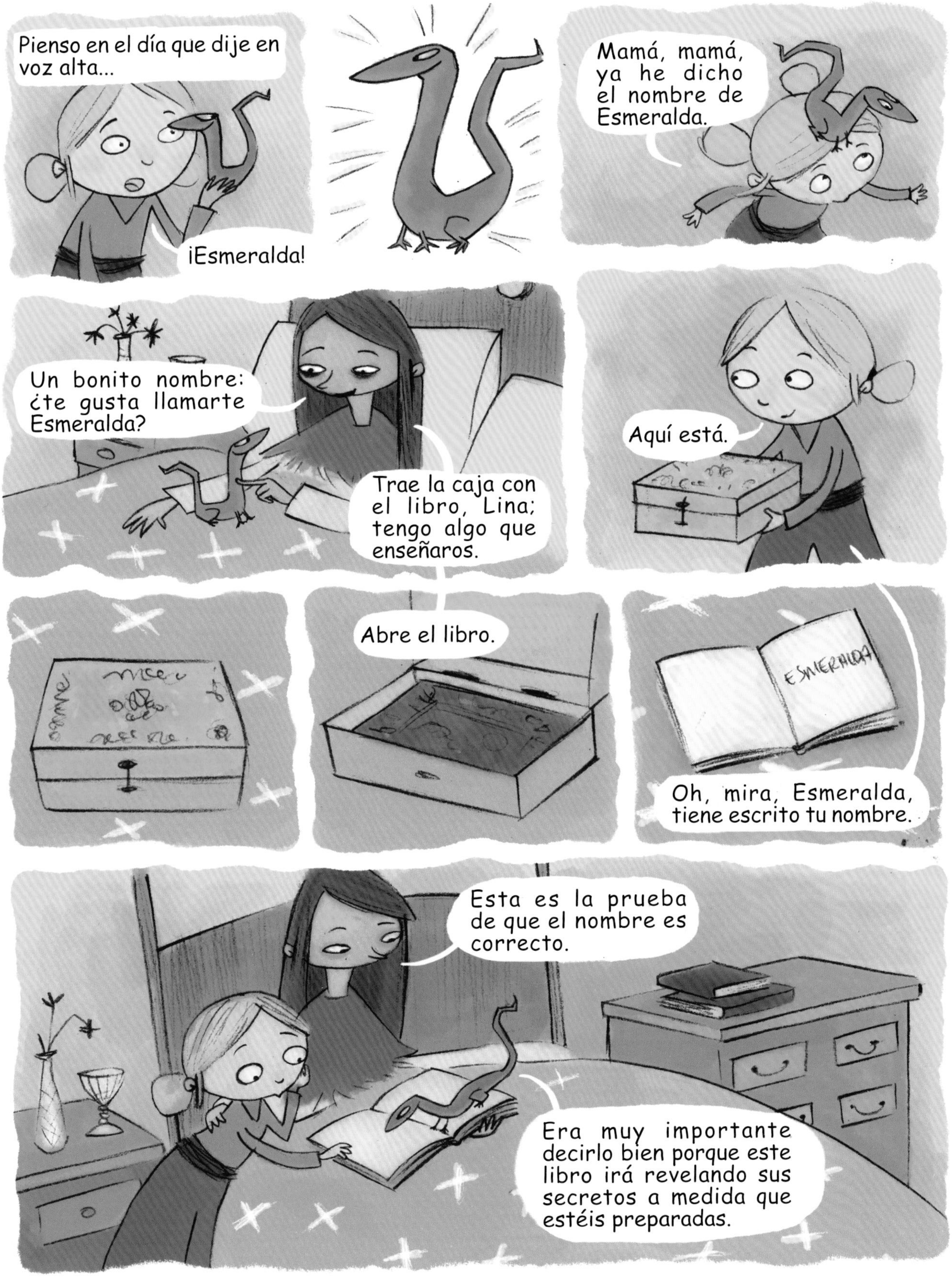

Pienso en el día que dije en voz alta...
¡Esmeralda!
Mamá, mamá, ya he dicho el nombre de Esmeralda.
Un bonito nombre: ¿te gusta llamarte Esmeralda?
Trae la caja con el libro, Lina; tengo algo que enseñaros.
Aquí está.
Abre el libro.
ESMERALDA
Oh, mira, Esmeralda, tiene escrito tu nombre.
Esta es la prueba de que el nombre es correcto.
Era muy importante decirlo bien porque este libro irá revelando sus secretos a medida que estéis preparadas.

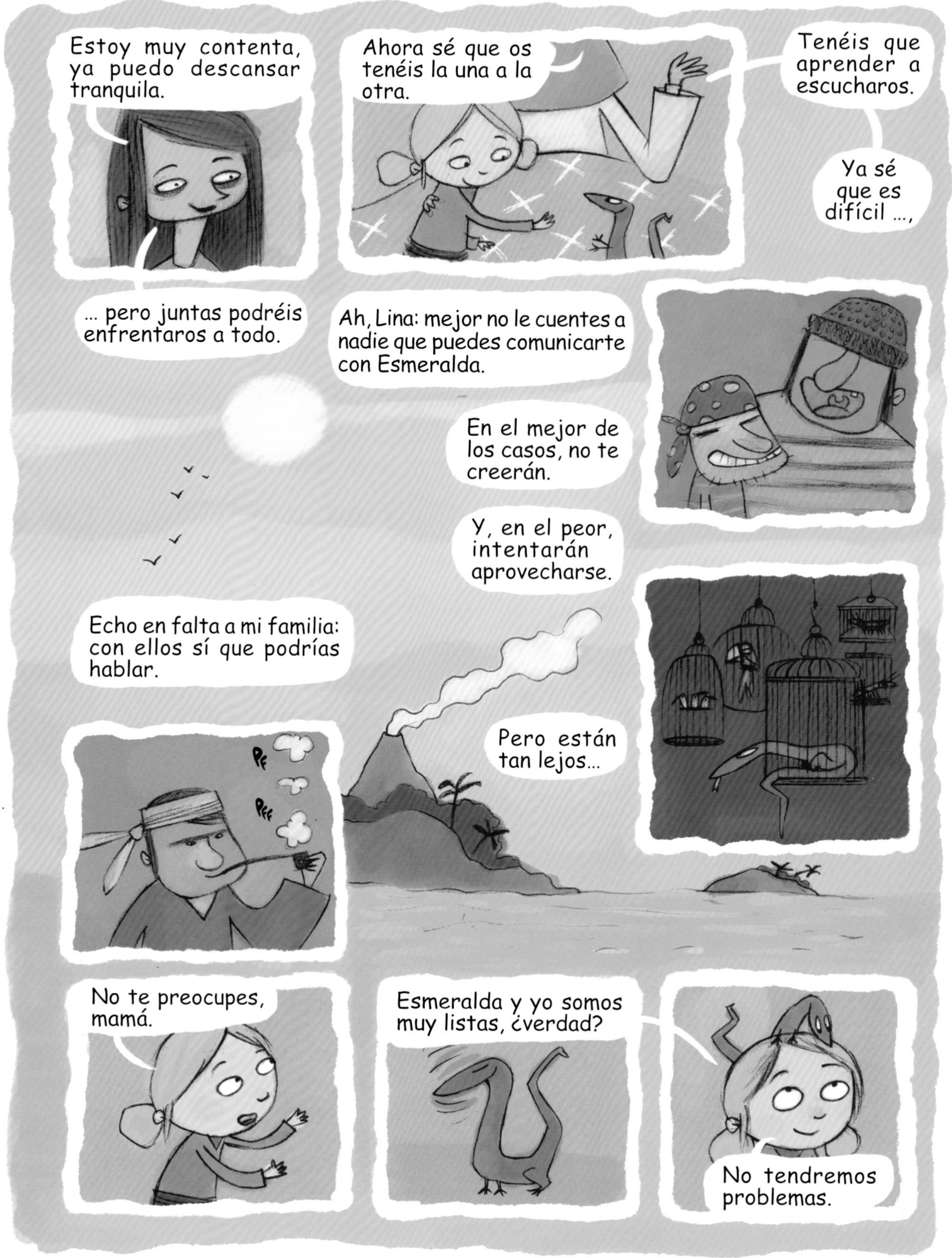
Estoy muy contenta, ya puedo descansar tranquila.
... pero juntas podréis enfrentaros a todo.
Ahora sé que os tenéis la una a la otra.
Tenéis que aprender a escucharos.
Ya sé que es difícil ...,
Ah, Lina: mejor no le cuentes a nadie que puedes comunicarte con Esmeralda.
En el mejor de los casos, no te creerán.
Y, en el peor, intentarán aprovecharse.
Echo en falta a mi familia: con ellos sí que podrías hablar.
Pero están tan lejos...
PF
PFF
No te preocupes, mamá.
Esmeralda y yo somos muy listas, ¿verdad?
No tendremos problemas.

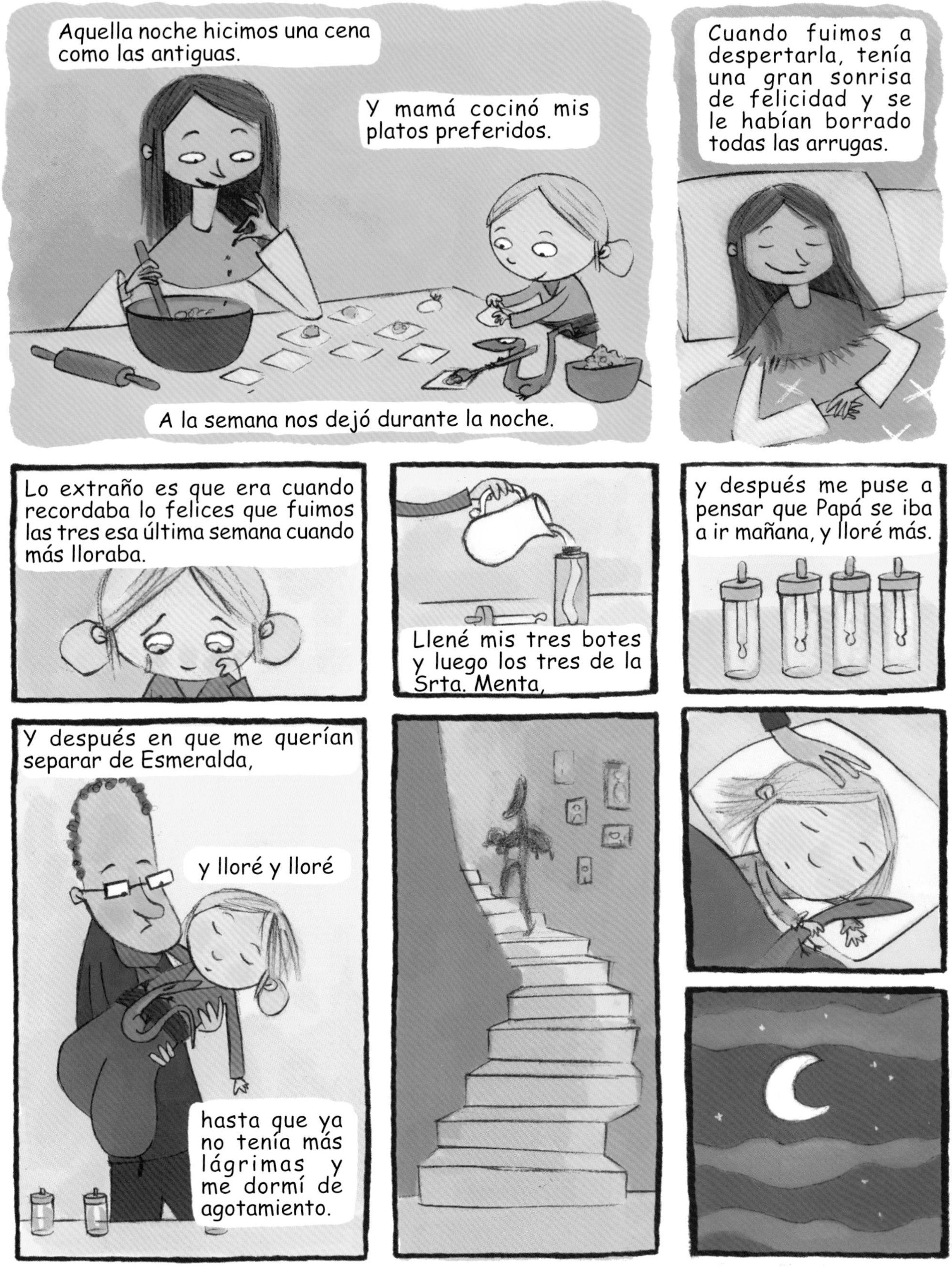
Aquella noche hicimos una cena como las antiguas.
Y mamá cocinó mis platos preferidos.
A la semana nos dejó durante la noche.
Cuando fuimos a despertarla, tenía una gran sonrisa de felicidad y se le habían borrado todas las arrugas.
Lo extraño es que era cuando recordaba lo felices que fuimos las tres esa última semana cuando más lloraba.
Llené mis tres botes y luego los tres de la Srta. Menta,
y después me puse a pensar que Papá se iba a ir mañana, y lloré más.
Y después en que me querían separar de Esmeralda,
y lloré y lloré
hasta que ya no tenía más lágrimas y me dormí de agotamiento.

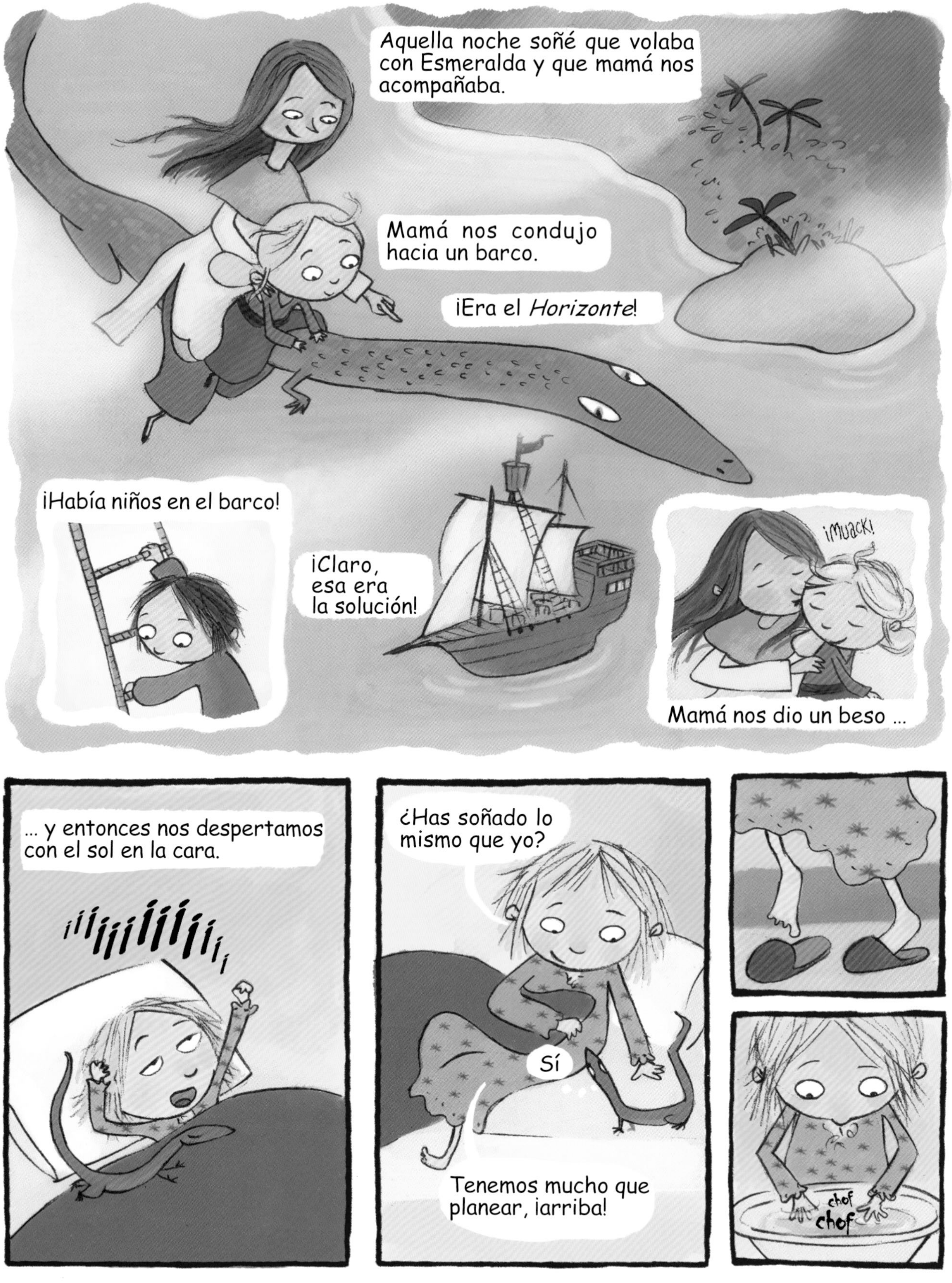

Aquella noche soñé que volaba con Esmeralda y que mamá nos acompañaba.
Mamá nos condujo hacia un barco.
¡Era el *Horizonte*!
¡Había niños en el barco!
¡Claro, esa era la solución!
¡MUACK!
Mamá nos dio un beso ...
... y entonces nos despertamos con el sol en la cara.
¿Has soñado lo mismo que yo?
Sí
Tenemos mucho que planear, ¡arriba!
chof
chof

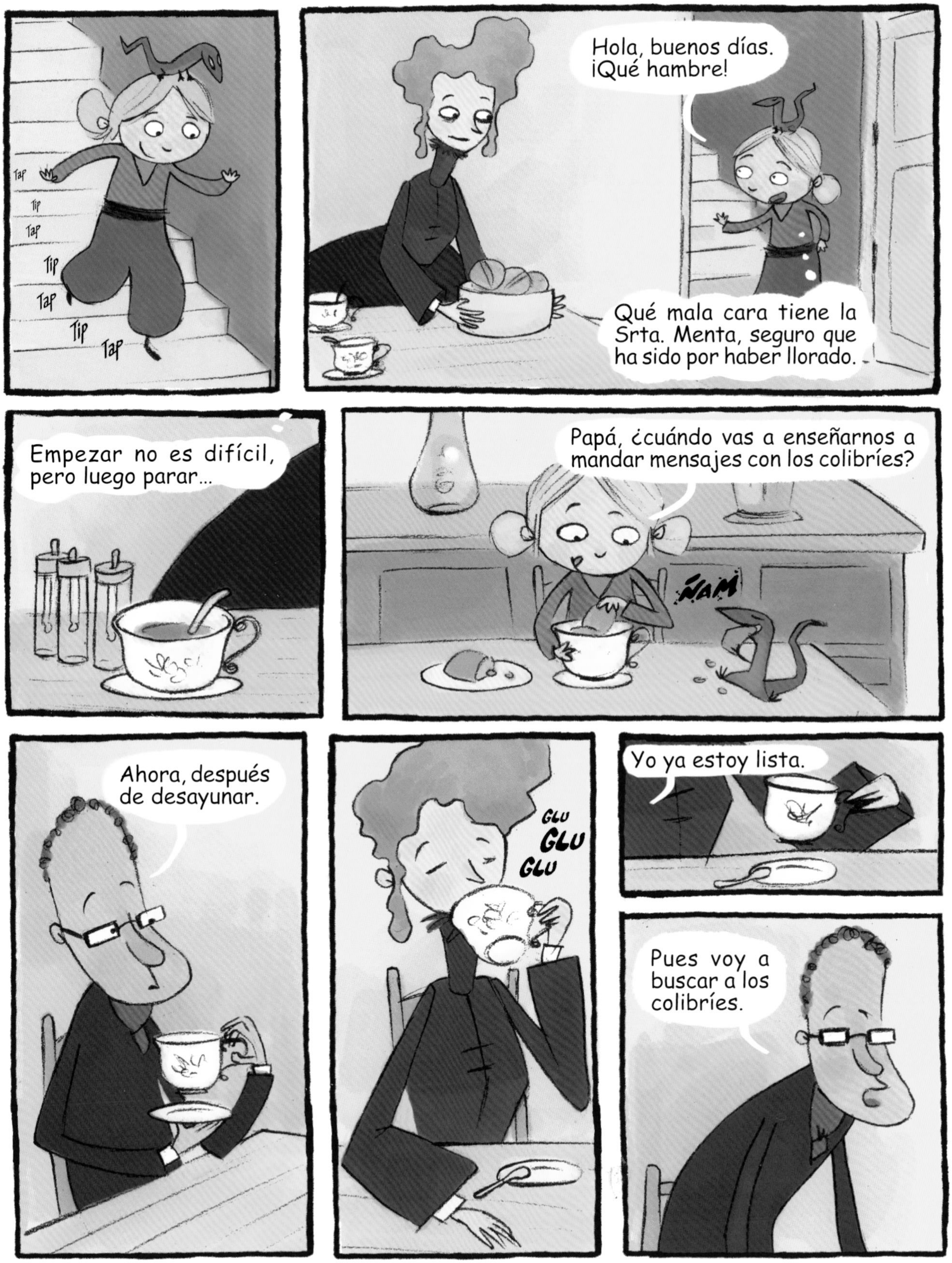

Tap
Tip
Tap
Tip
Tap
Tip
Tap
Hola, buenos días. ¡Qué hambre!
Qué mala cara tiene la Srta. Menta, seguro que ha sido por haber llorado.
Empezar no es difícil, pero luego parar...
Papá, ¿cuándo vas a enseñarnos a mandar mensajes con los colibríes?
ÑAM
Ahora, después de desayunar.
GLU
GLU
GLU
Yo ya estoy lista.
Pues voy a buscar a los colibríes.

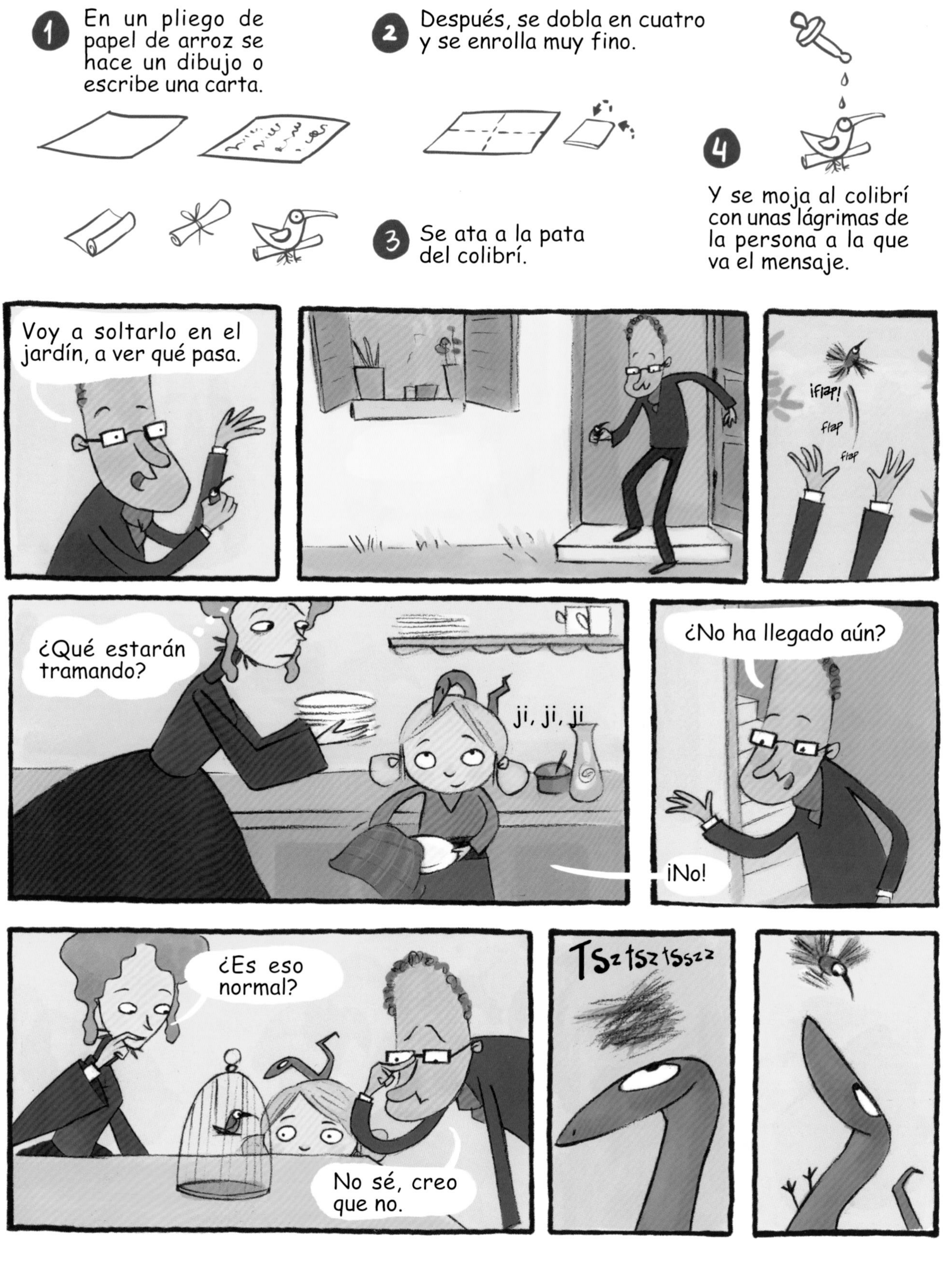
1
En un pliego de papel de arroz se hace un dibujo o escribe una carta.
2
Después, se dobla en cuatro y se enrolla muy fino.
3
Se ata a la pata del colibrí.
4
Y se moja al colibrí con unas lágrimas de la persona a la que va el mensaje.
Voy a soltarlo en el jardín, a ver qué pasa.
¡flap!
flap
flap
¿Qué estarán tramando?
ji, ji, ji
¿No ha llegado aún?
¡No!
¿Es eso normal?
No sé, creo que no.
Tsztsztsszz

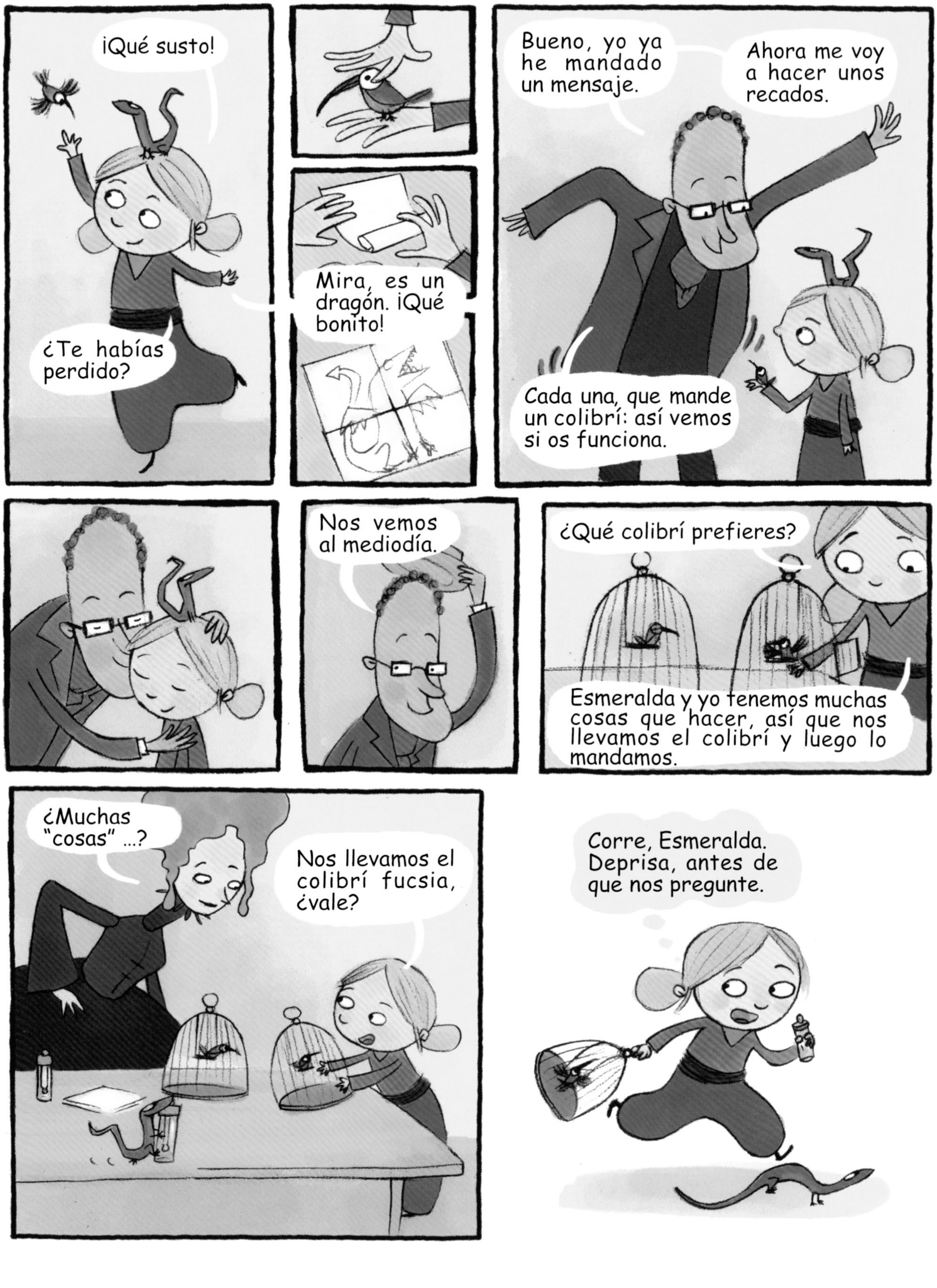
¡Qué susto!
¿Te habías perdido?
Mira, es un dragón. ¡Qué bonito!
Bueno, yo ya he mandado un mensaje.
Ahora me voy a hacer unos recados.
Cada una, que mande un colibrí: así vemos si os funciona.
Nos vemos al mediodía.
¿Qué colibrí prefieres?
Esmeralda y yo tenemos muchas cosas que hacer, así que nos llevamos el colibrí y luego lo mandamos.
¿Muchas "cosas" ...?
Nos llevamos el colibrí fucsia, ¿vale?
Corre, Esmeralda. Deprisa, antes de que nos pregunte.

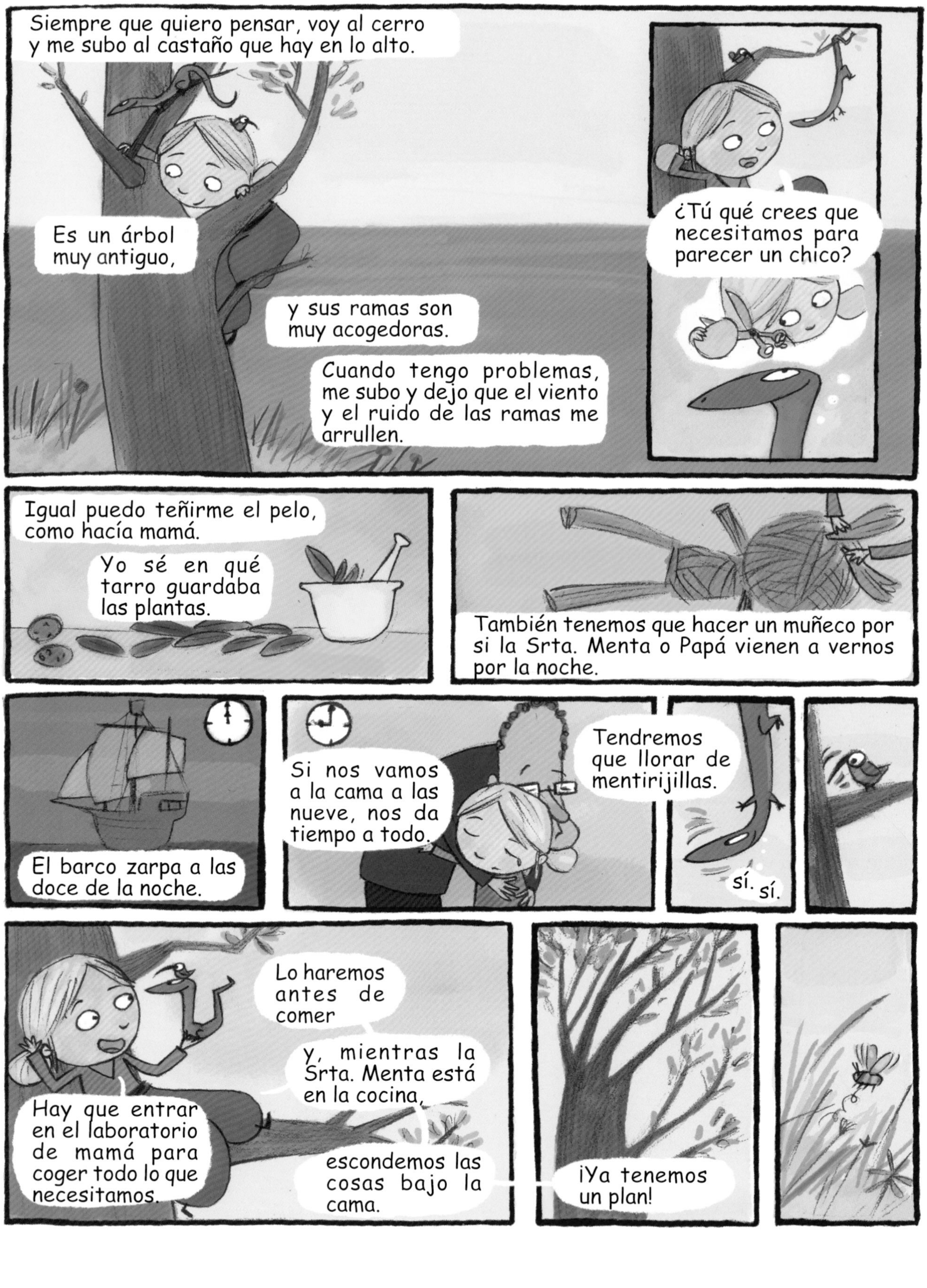

Siempre que quiero pensar, voy al cerro y me subo al castaño que hay en lo alto.
Es un árbol muy antiguo,
y sus ramas son muy acogedoras.
Cuando tengo problemas, me subo y dejo que el viento y el ruido de las ramas me arrullen.
¿Tú qué crees que necesitamos para parecer un chico?
Igual puedo teñirme el pelo, como hacía mamá.
Yo sé en qué tarro guardaba las plantas.
También tenemos que hacer un muñeco por si la Srta. Menta o Papá vienen a vernos por la noche.
El barco zarpa a las doce de la noche.
Si nos vamos a la cama a las nueve, nos da tiempo a todo.
Tendremos que llorar de mentirijillas.
sí. sí.
Hay que entrar en el laboratorio de mamá para coger todo lo que necesitamos.
Lo haremos antes de comer
y, mientras la Srta. Menta está en la cocina,
escondemos las cosas bajo la cama.
¡Ya tenemos un plan!

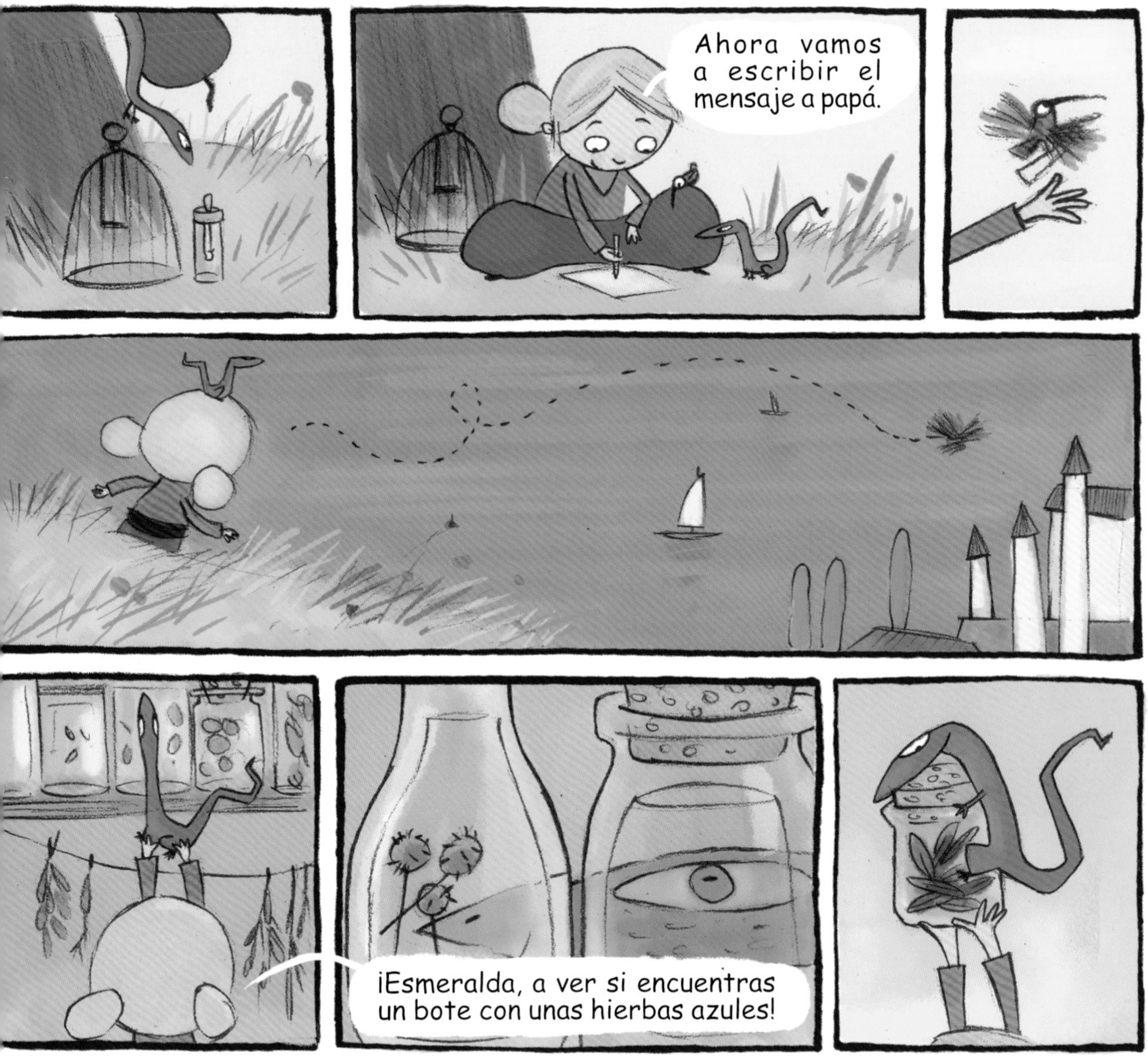
Ahora vamos a escribir el mensaje a papá.
¡Esmeralda, a ver si encuentras un bote con unas hierbas azules!

A mí me gustaba ayudar a mamá en su laboratorio.

Cuando mamá se teñía el pelo, yo siempre machacaba las hojas azules.

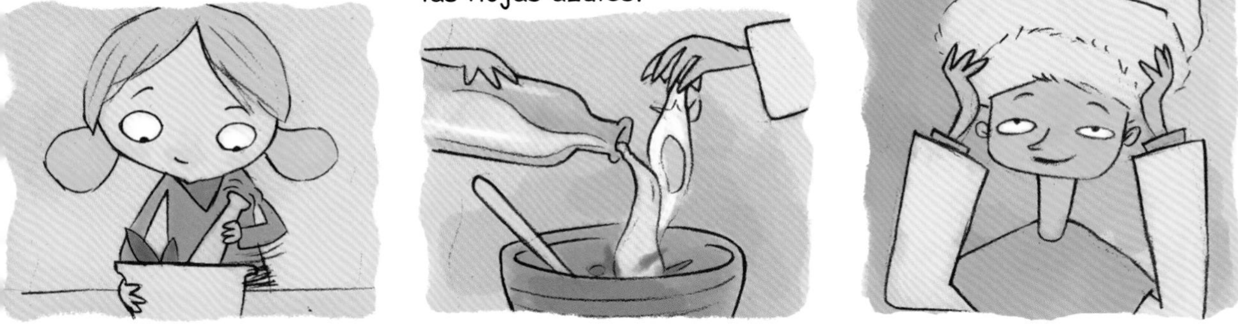

La parte que más me divertía era machacar cosas en el mortero de piedra.

Luego ella lo mezclaba muy bien con agua de lluvia, un chorro de vinagre y un huevo.

Se untaba el ungüento en la cabeza y se hacía un turbante con una tela de lino vieja.

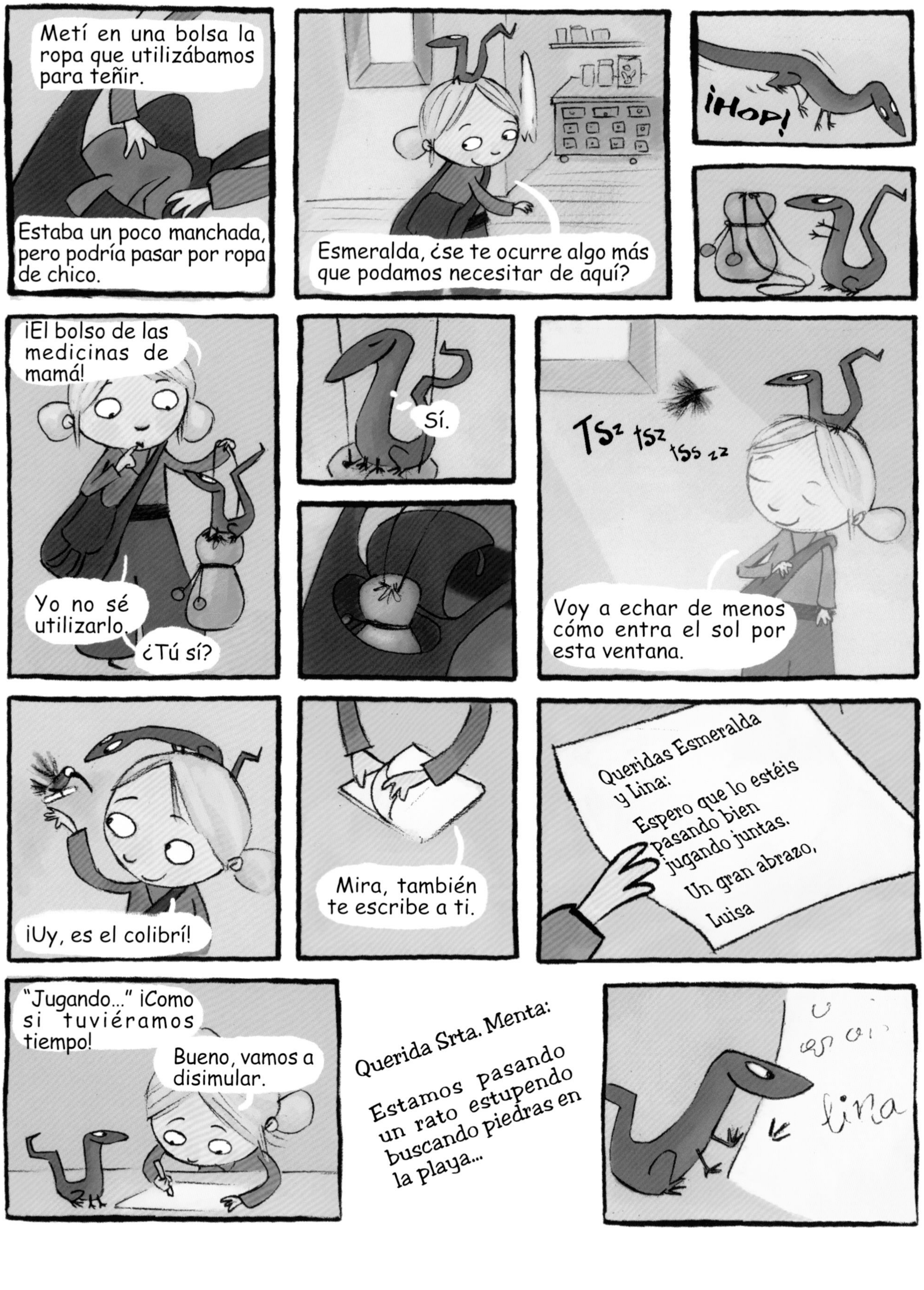

Metí en una bolsa la ropa que utilizábamos para teñir.
Estaba un poco manchada, pero podría pasar por ropa de chico.
Esmeralda, ¿se te ocurre algo más que podamos necesitar de aquí?
¡HOP!
¡El bolso de las medicinas de mamá!
Yo no sé utilizarlo.
¿Tú sí?
Sí.
TSz tsz tss zz
Voy a echar de menos cómo entra el sol por esta ventana.
¡Uy, es el colibrí!
Mira, también te escribe a ti.
Queridas Esmeralda y Lina:
Espero que lo estéis pasando bien jugando juntas.
Un gran abrazo,
Luisa
"Jugando..." ¡Como si tuviéramos tiempo!
Bueno, vamos a disimular.
Querida Srta. Menta:
Estamos pasando un rato estupendo buscando piedras en la playa...
lina

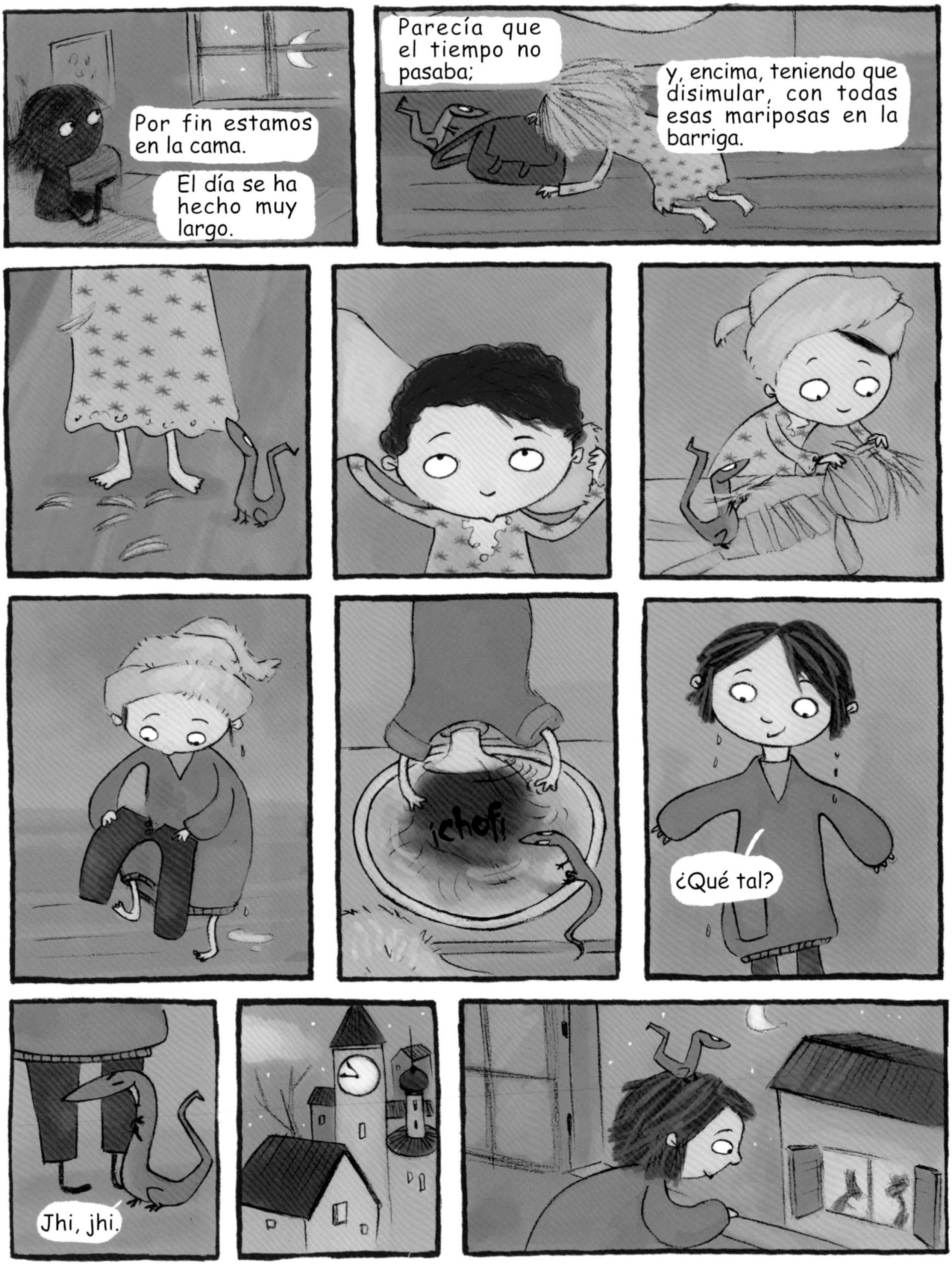
Por fin estamos en la cama.
El día se ha hecho muy largo.
Parecía que el tiempo no pasaba;
y, encima, teniendo que disimular, con todas esas mariposas en la barriga.
¡chof!
¿Qué tal?
Jhi, jhi.

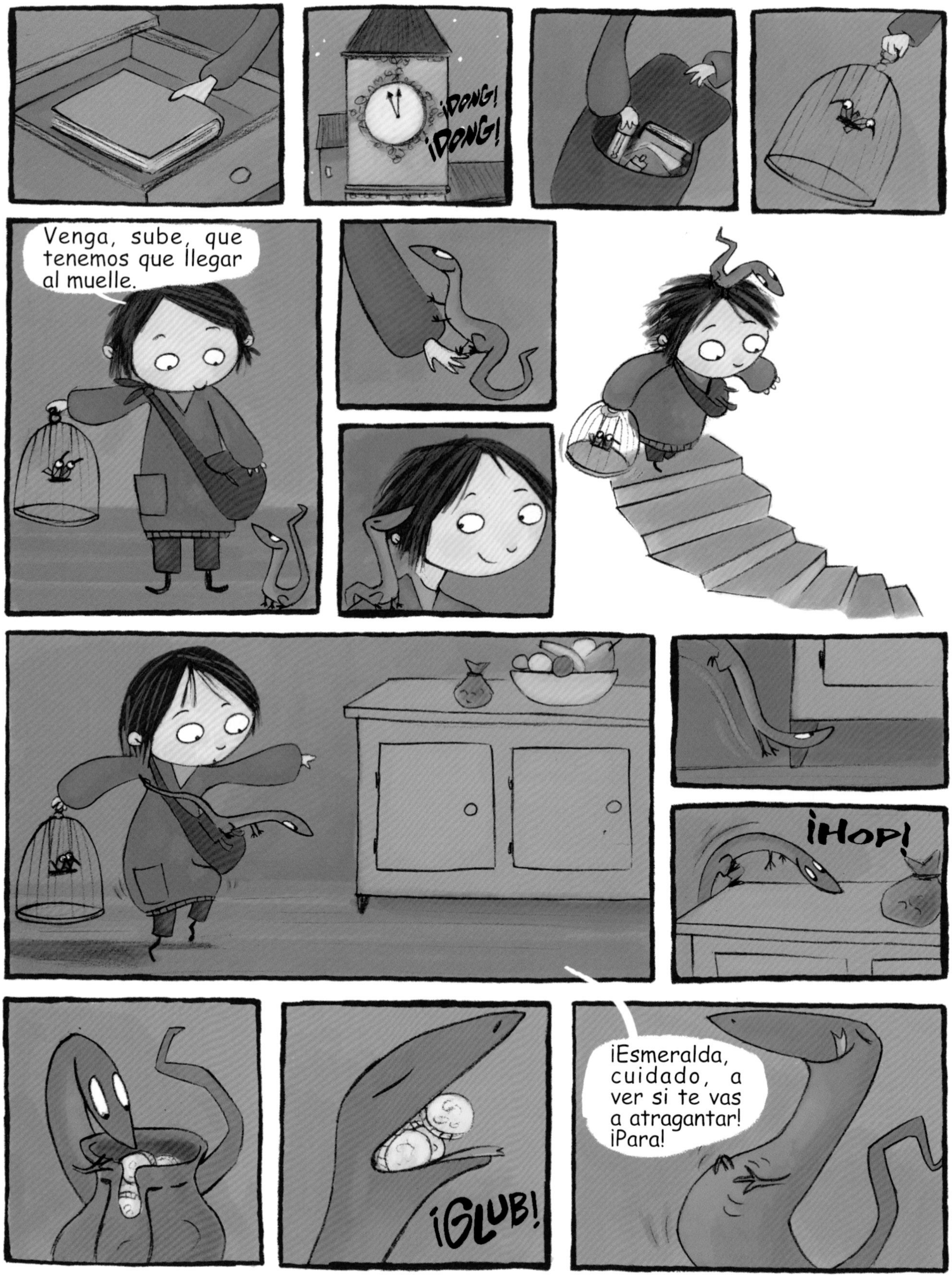
¡DONG!
¡DONG!
Venga, sube, que tenemos que llegar al muelle.
¡HOP!
¡GLUB!
¡Esmeralda, cuidado, a ver si te vas a atragantar! ¡Para!

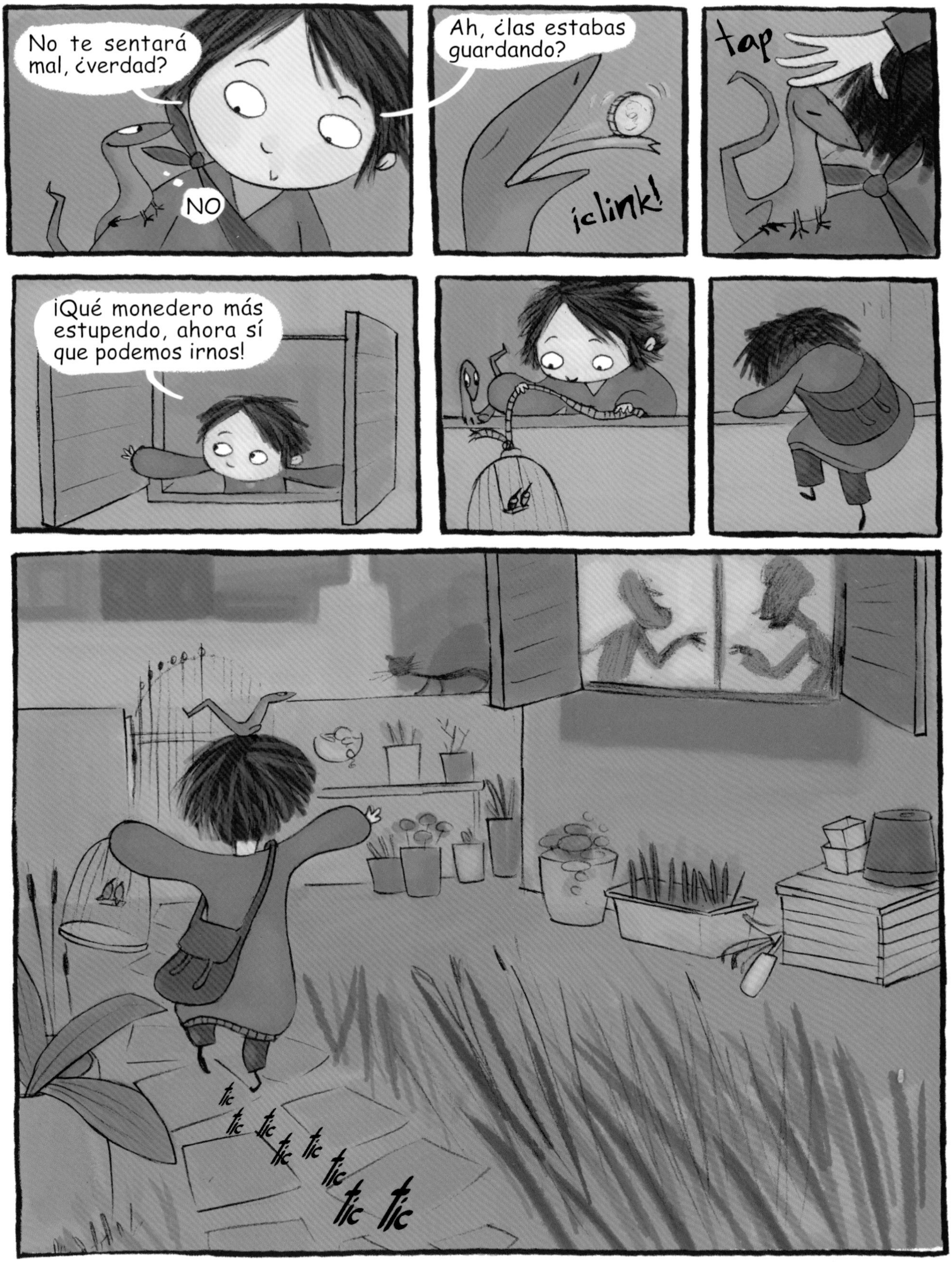
No te sentará mal, ¿verdad?
NO
Ah, ¿las estabas guardando?
¡clink!
tap
¡Qué monedero más estupendo, ahora sí que podemos irnos!
tic tic tic tic tic tic tic tic

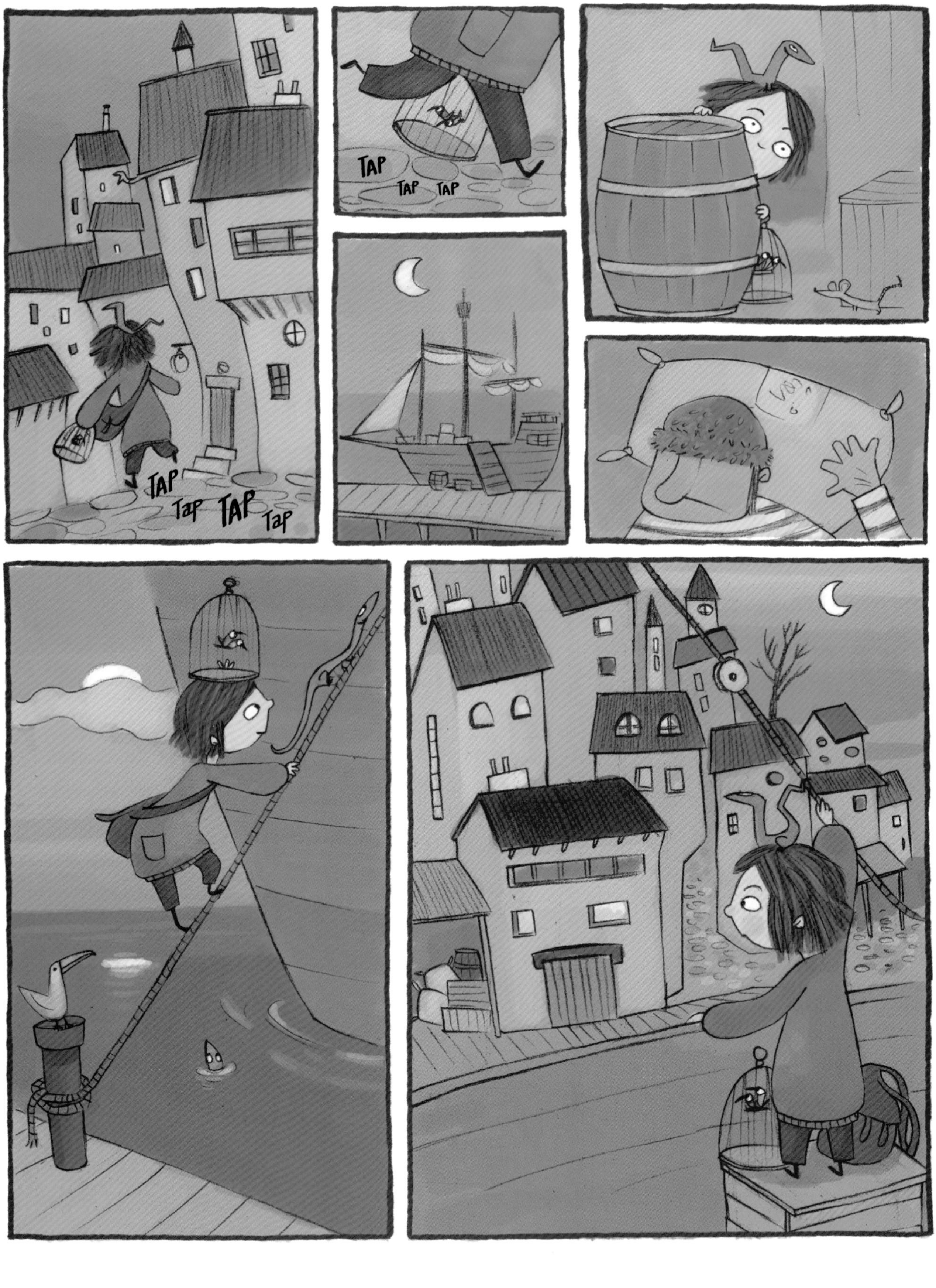
TAP
Tap
TAP
Tap
TAP
TAP
TAP

EL HORIZONTE

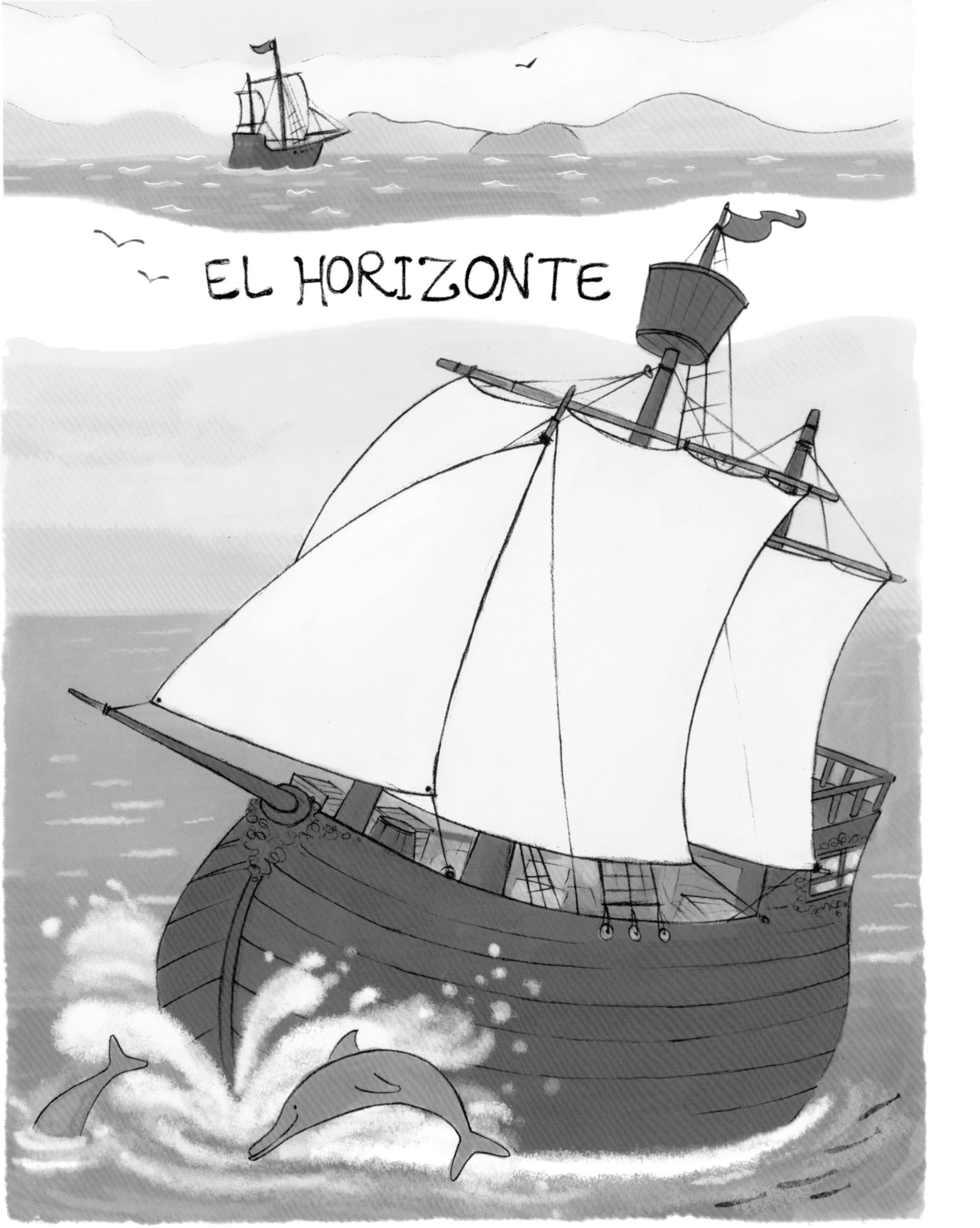

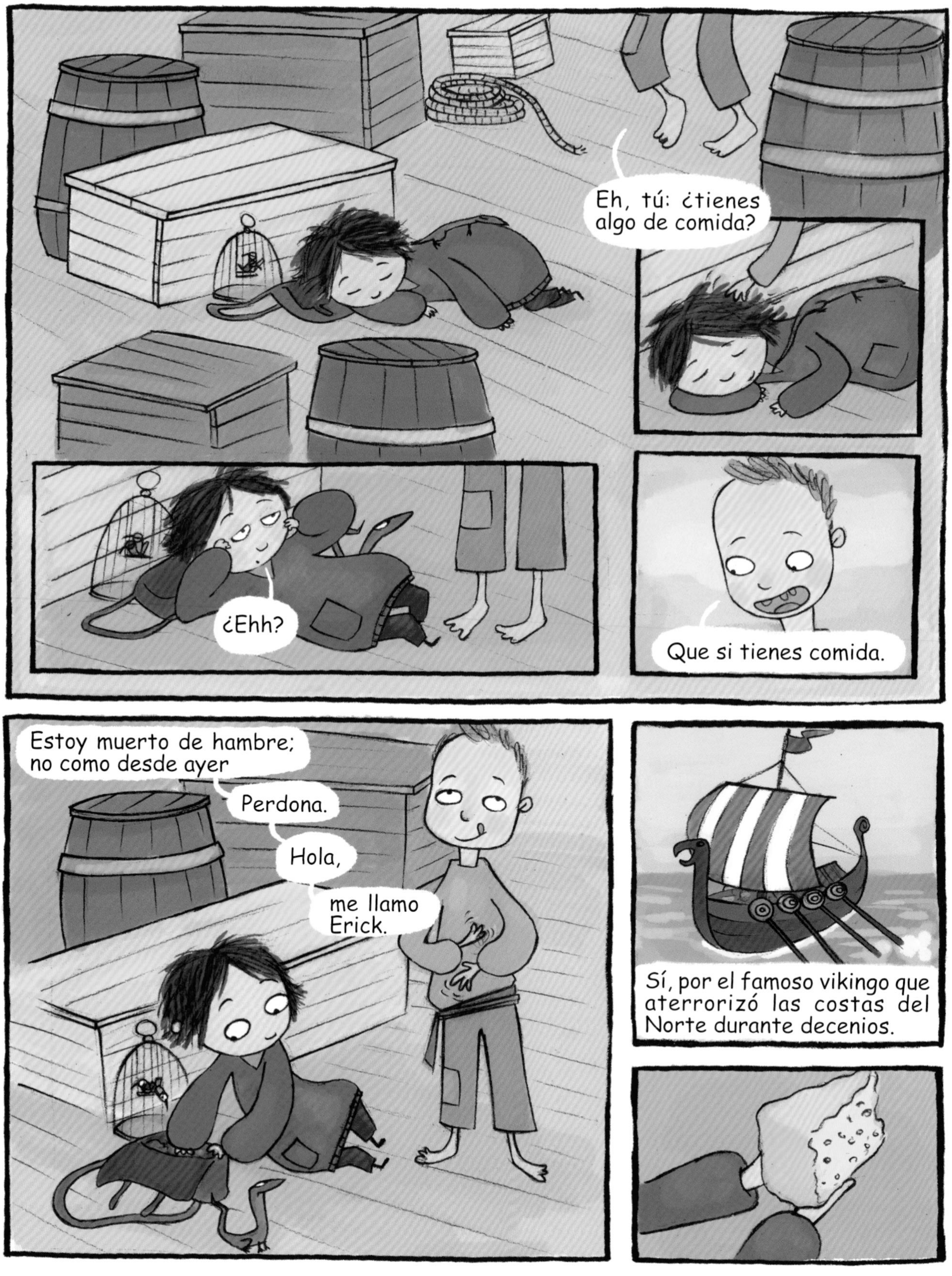
Eh, tú: ¿tienes algo de comida?
¿Ehh?
Que si tienes comida.
Estoy muerto de hambre; no como desde ayer
Perdona.
Hola,
me llamo Erick.
Sí, por el famoso vikingo que aterrorizó las costas del Norte durante decenios.

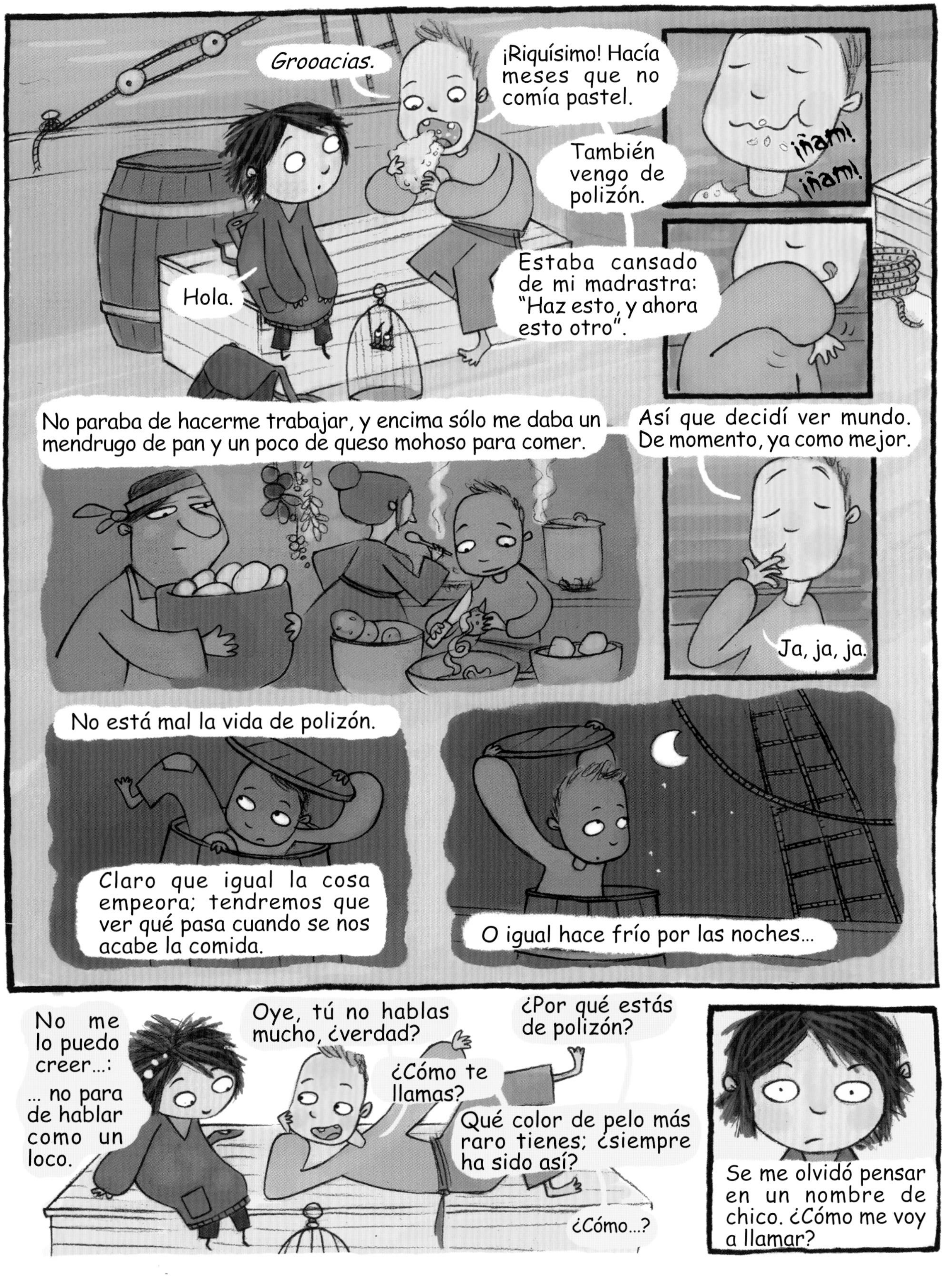

Grooacias.
¡Riquísimo! Hacía meses que no comía pastel.
¡ñam! ¡ñam!
Hola.
También vengo de polizón.
Estaba cansado de mi madrastra: "Haz esto, y ahora esto otro".
No paraba de hacerme trabajar, y encima sólo me daba un mendrugo de pan y un poco de queso mohoso para comer.
Así que decidí ver mundo. De momento, ya como mejor.
Ja, ja, ja.
No está mal la vida de polizón.
Claro que igual la cosa empeora; tendremos que ver qué pasa cuando se nos acabe la comida.
O igual hace frío por las noches...
No me lo puedo creer...:
... no para de hablar como un loco.
Oye, tú no hablas mucho, ¿verdad?
¿Cómo te llamas?
¿Por qué estás de polizón?
Qué color de pelo más raro tienes; ¿siempre ha sido así?
¿Cómo...?
Se me olvidó pensar en un nombre de chico. ¿Cómo me voy a llamar?

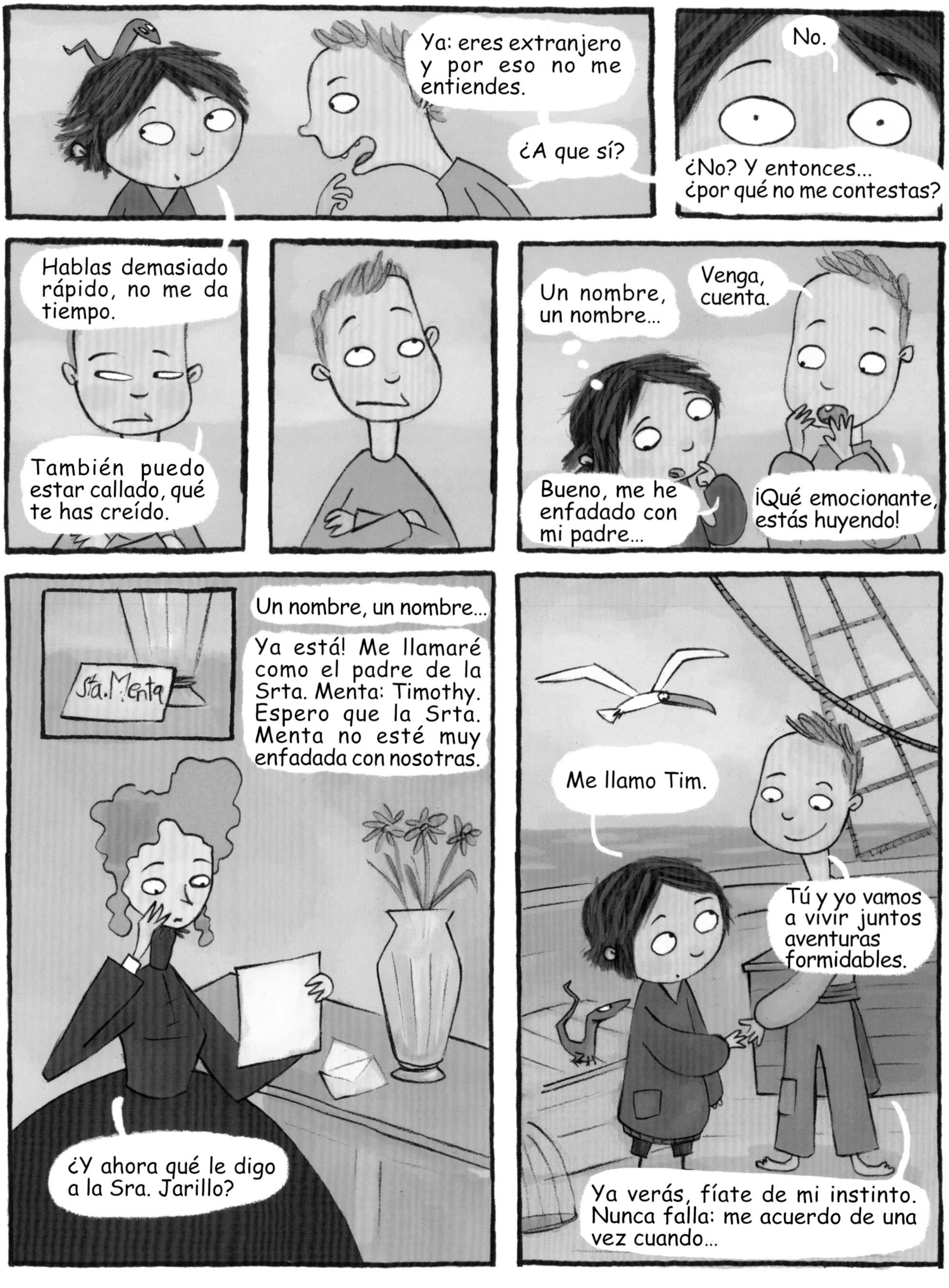
Ya: eres extranjero y por eso no me entiendes.
¿A que sí?
No.
¿No? Y entonces... ¿por qué no me contestas?
Hablas demasiado rápido, no me da tiempo.
También puedo estar callado, qué te has creído.
Un nombre, un nombre...
Venga, cuenta.
Bueno, me he enfadado con mi padre...
¡Qué emocionante, estás huyendo!
Srta. Menta
Un nombre, un nombre...
Ya está! Me llamaré como el padre de la Srta. Menta: Timothy. Espero que la Srta. Menta no esté muy enfadada con nosotras.
¿Y ahora qué le digo a la Sra. Jarillo?
Me llamo Tim.
Tú y yo vamos a vivir juntos aventuras formidables.
Ya verás, fíate de mi instinto. Nunca falla: me acuerdo de una vez cuando...

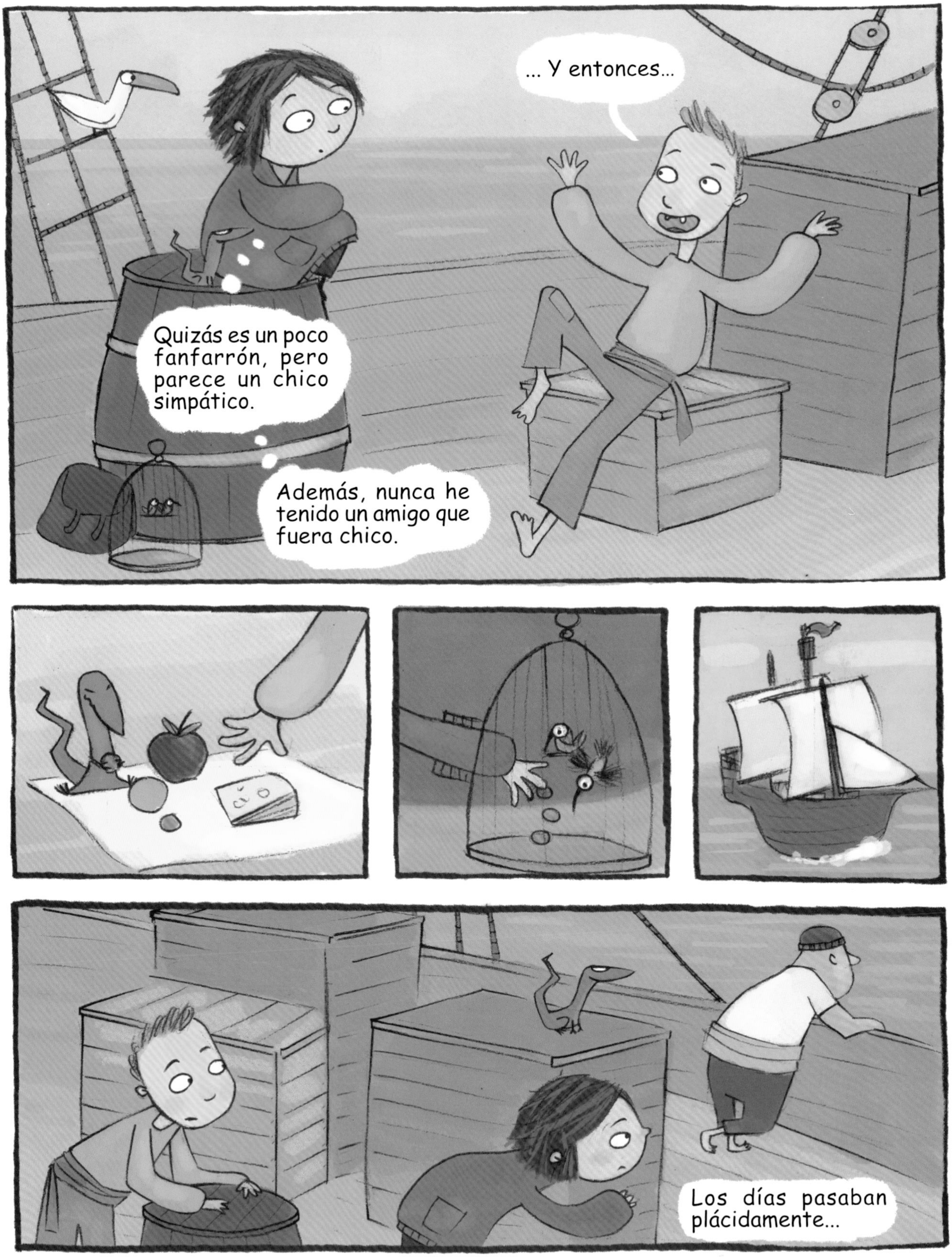
... Y entonces...
Quizás es un poco fanfarrón, pero parece un chico simpático.
Además, nunca he tenido un amigo que fuera chico.
Los días pasaban plácidamente...

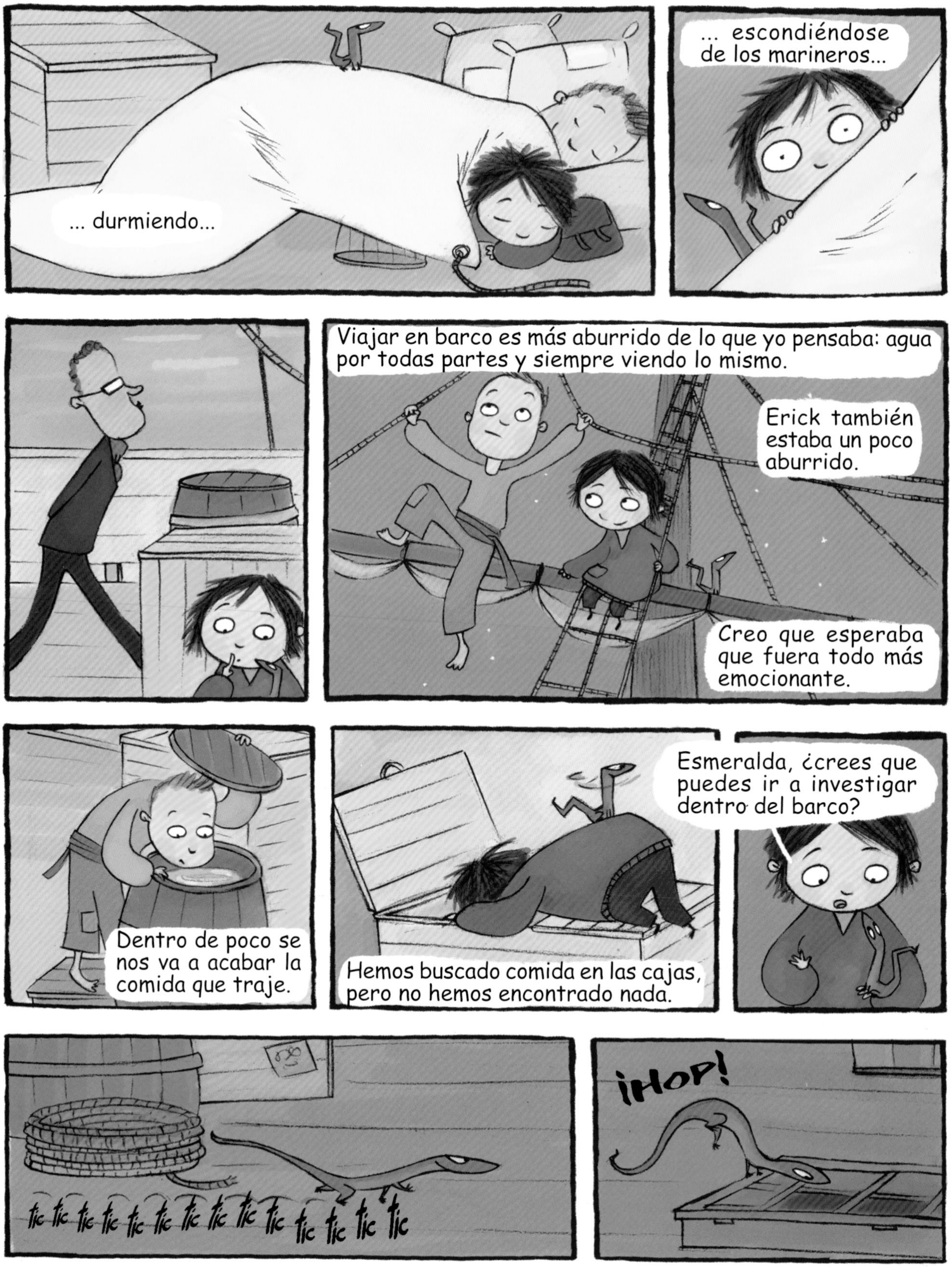
... durmiendo...
... escondiéndose de los marineros...
Viajar en barco es más aburrido de lo que yo pensaba: agua por todas partes y siempre viendo lo mismo.
Erick también estaba un poco aburrido.
Creo que esperaba que fuera todo más emocionante.
Dentro de poco se nos va a acabar la comida que traje.
Hemos buscado comida en las cajas, pero no hemos encontrado nada.
Esmeralda, ¿crees que puedes ir a investigar dentro del barco?
tic tic tic tic tic tic tic tic tic tic tic tic tic tic
¡HOP!

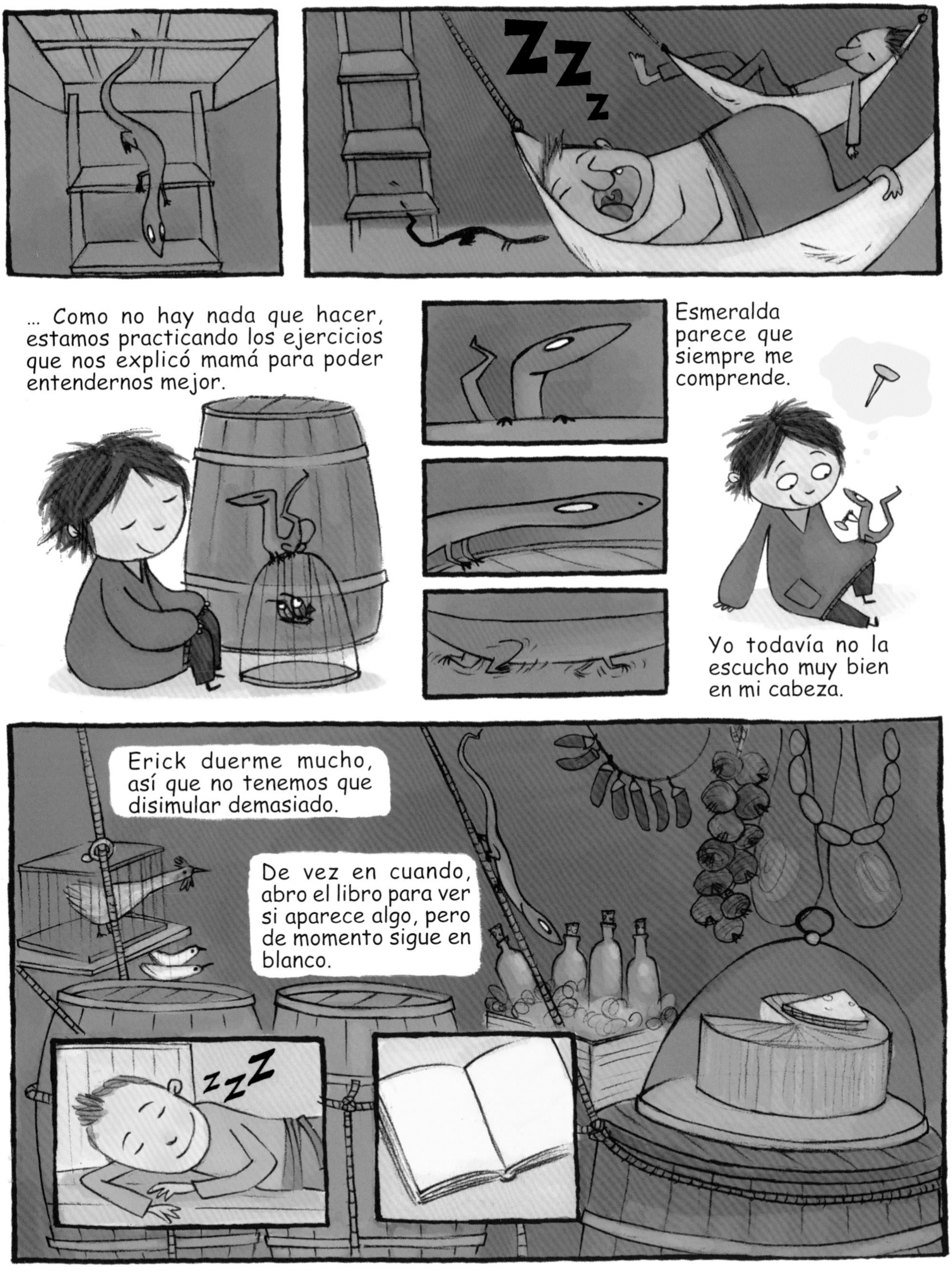
ZZZ
… Como no hay nada que hacer, estamos practicando los ejercicios que nos explicó mamá para poder entendernos mejor.
Esmeralda parece que siempre me comprende.
Yo todavía no la escucho muy bien en mi cabeza.
Erick duerme mucho, así que no tenemos que disimular demasiado.
De vez en cuando, abro el libro para ver si aparece algo, pero de momento sigue en blanco.
zZZ

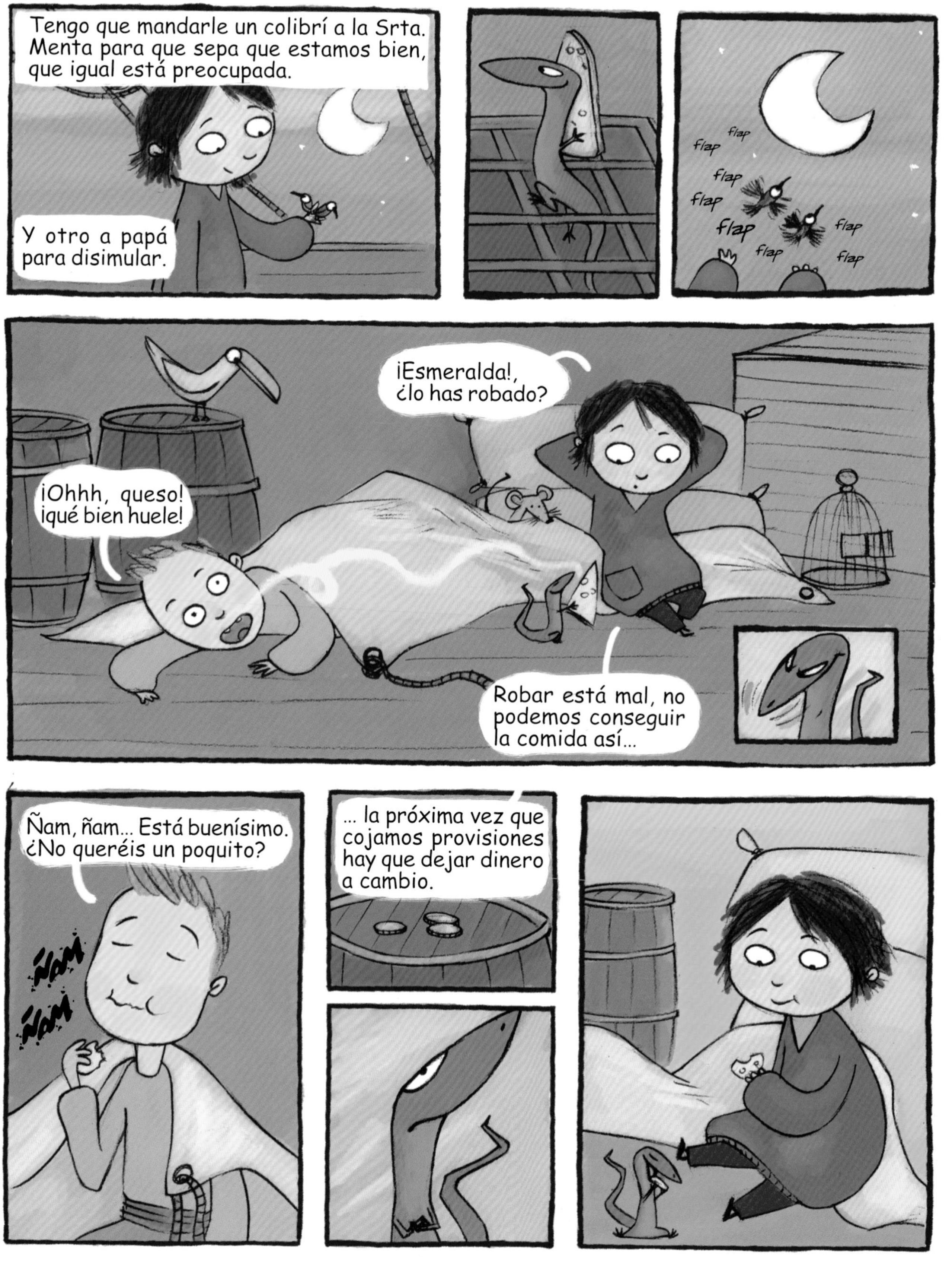
Tengo que mandarle un colibrí a la Srta. Menta para que sepa que estamos bien, que igual está preocupada.
Y otro a papá para disimular.
flap
flap
flap
flap
flap
flap
flap
flap
¡Esmeralda!, ¿lo has robado?
¡Ohhh, queso! ¡qué bien huele!
Robar está mal, no podemos conseguir la comida así...
Ñam, ñam... Está buenísimo. ¿No queréis un poquito?
ÑAM
ÑAM
... la próxima vez que cojamos provisiones hay que dejar dinero a cambio.

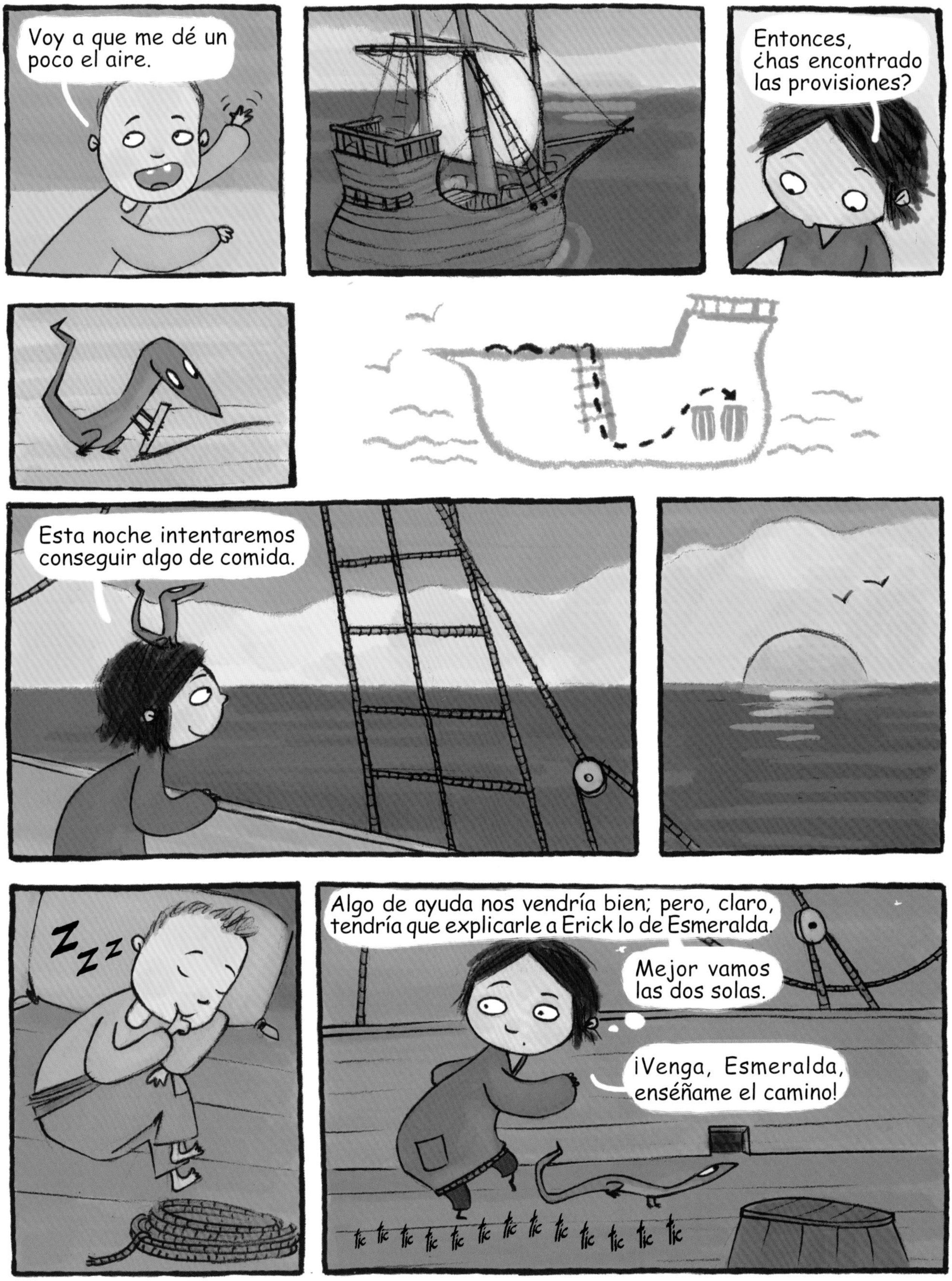
Voy a que me dé un poco el aire.
Entonces, ¿has encontrado las provisiones?
Esta noche intentaremos conseguir algo de comida.
ZZZ
Algo de ayuda nos vendría bien; pero, claro, tendría que explicarle a Erick lo de Esmeralda.
Mejor vamos las dos solas.
¡Venga, Esmeralda, enséñame el camino!
tic tic tic tic tic tic tic tic tic tic tic tic tic

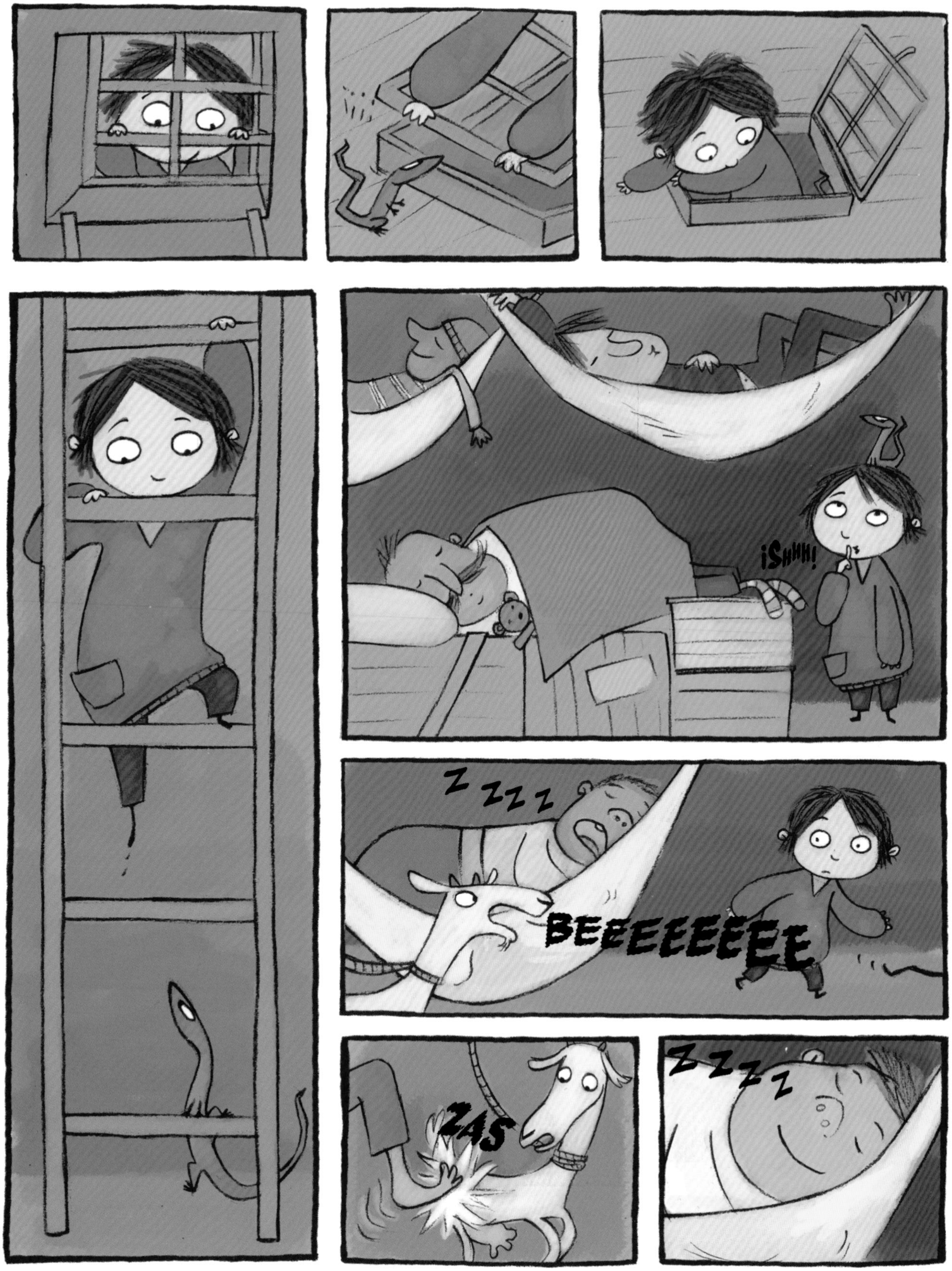
¡SHHH!
Z Z Z Z
BEEEEEEEEEE
ZAS
Z Z Z Z

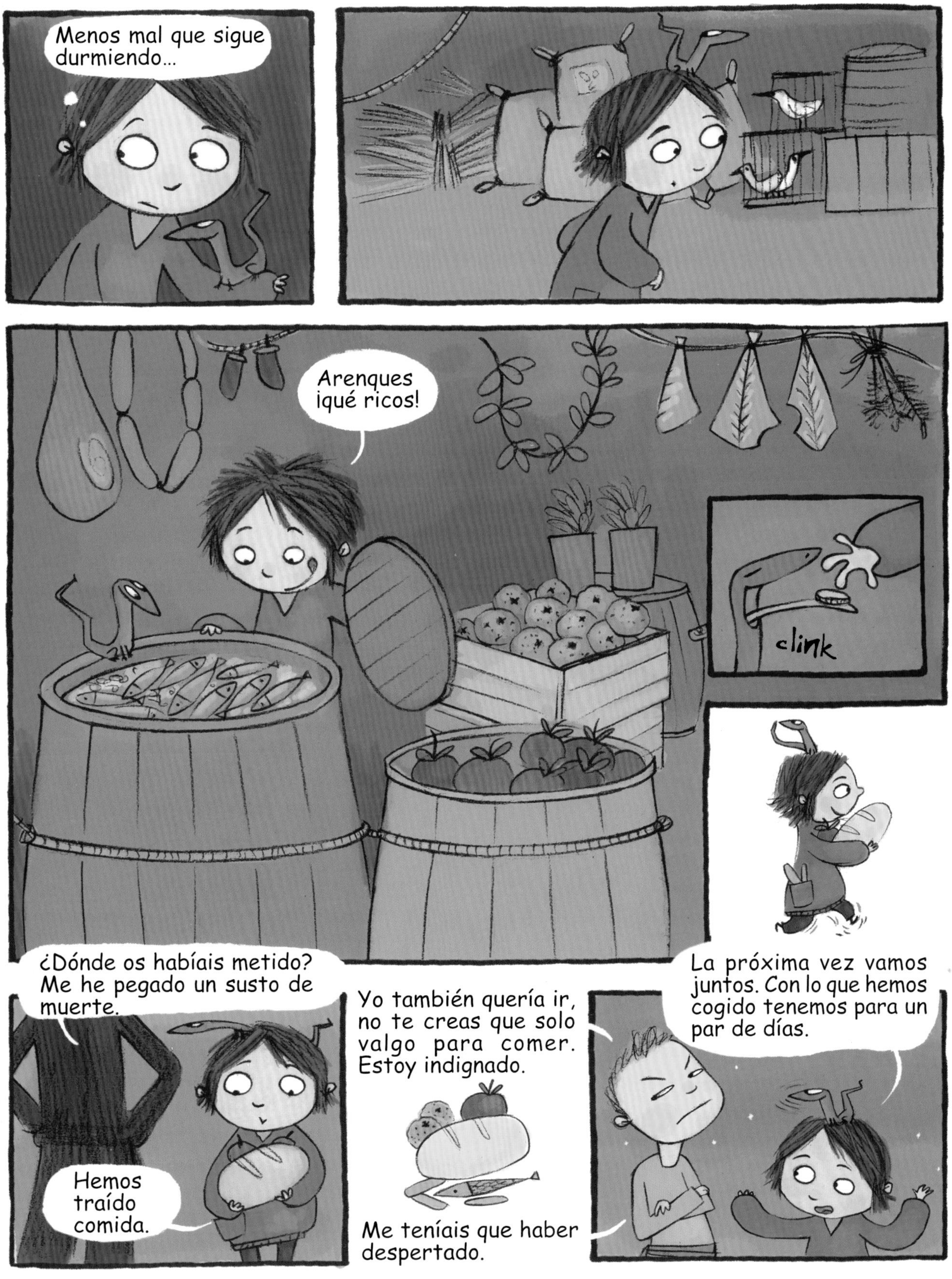

Menos mal que sigue durmiendo...
Arenques ¡qué ricos!
clink
¿Dónde os habíais metido? Me he pegado un susto de muerte.
Hemos traído comida.
Yo también quería ir, no te creas que solo valgo para comer. Estoy indignado.
Me teníais que haber despertado.
La próxima vez vamos juntos. Con lo que hemos cogido tenemos para un par de días.

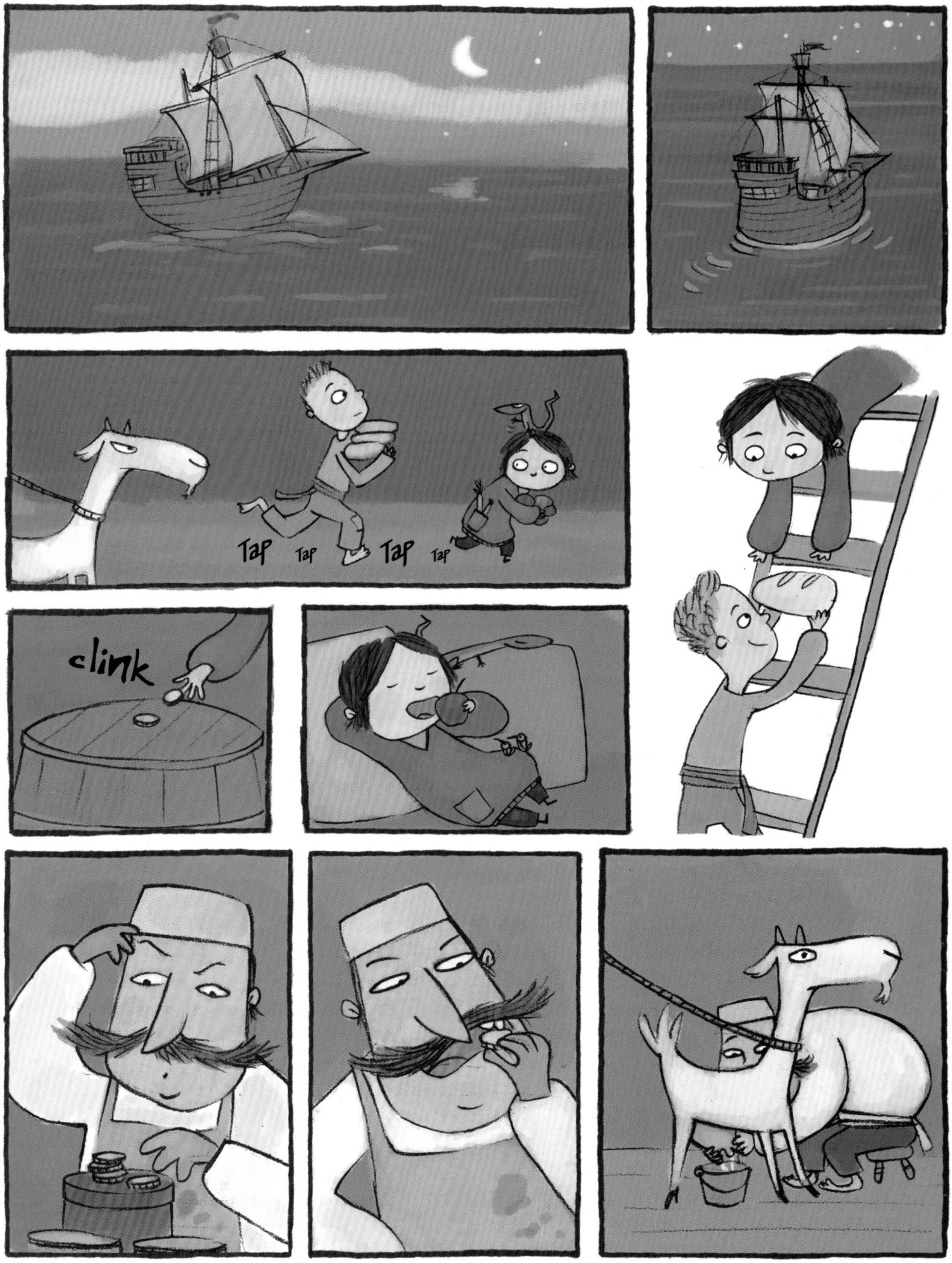
Tap Tap Tap Tap
clink

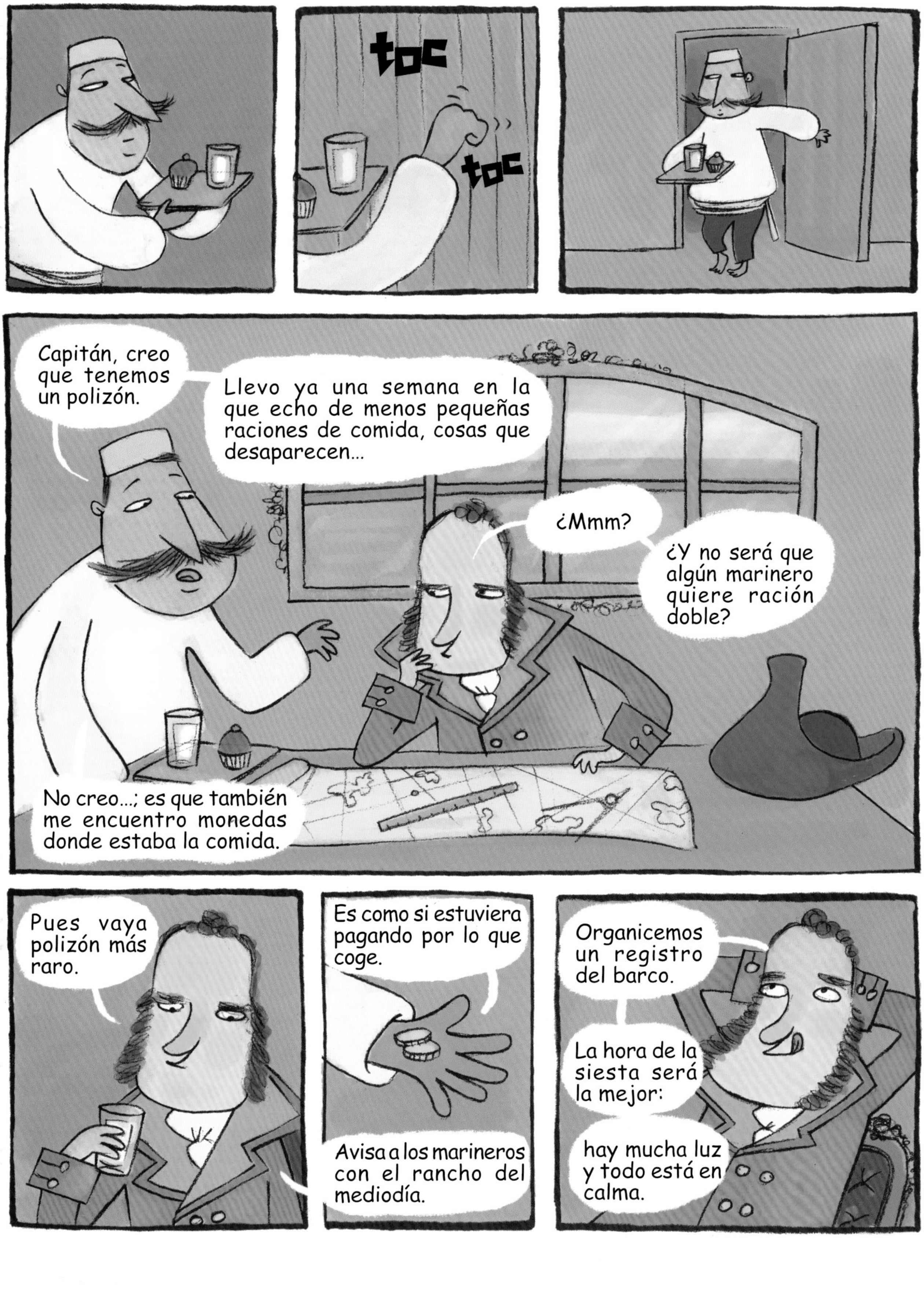
toc
toc
Capitán, creo que tenemos un polizón.
Llevo ya una semana en la que echo de menos pequeñas raciones de comida, cosas que desaparecen...
¿Mmm?
¿Y no será que algún marinero quiere ración doble?
No creo...; es que también me encuentro monedas donde estaba la comida.
Pues vaya polizón más raro.
Es como si estuviera pagando por lo que coge.
Avisa a los marineros con el rancho del mediodía.
Organicemos un registro del barco.
La hora de la siesta será la mejor:
hay mucha luz y todo está en calma.

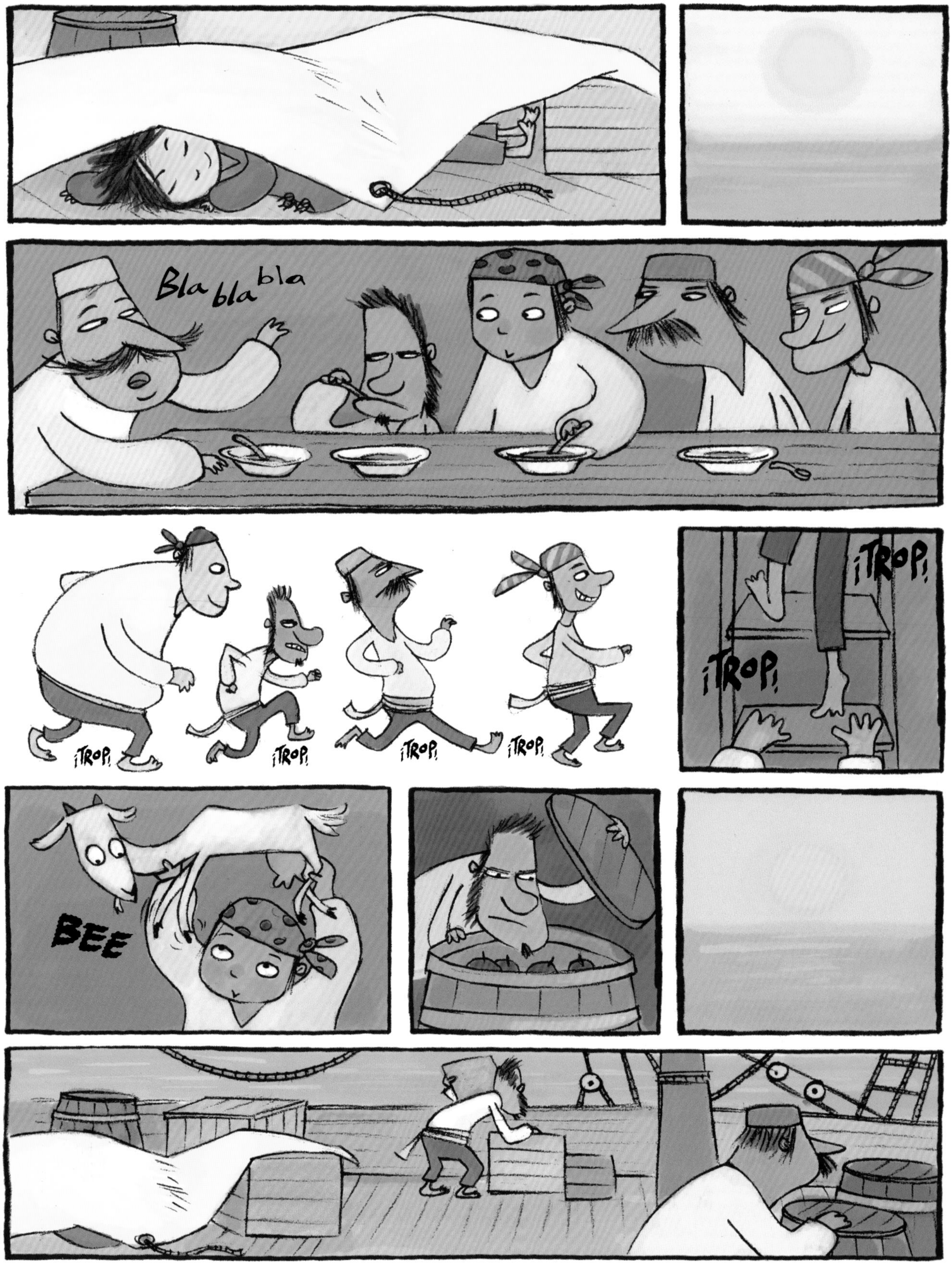
Bla bla bla
¡TROP!
¡TROP!
¡TROP!
¡TROP!
¡TROP!
¡TROP!
BEE

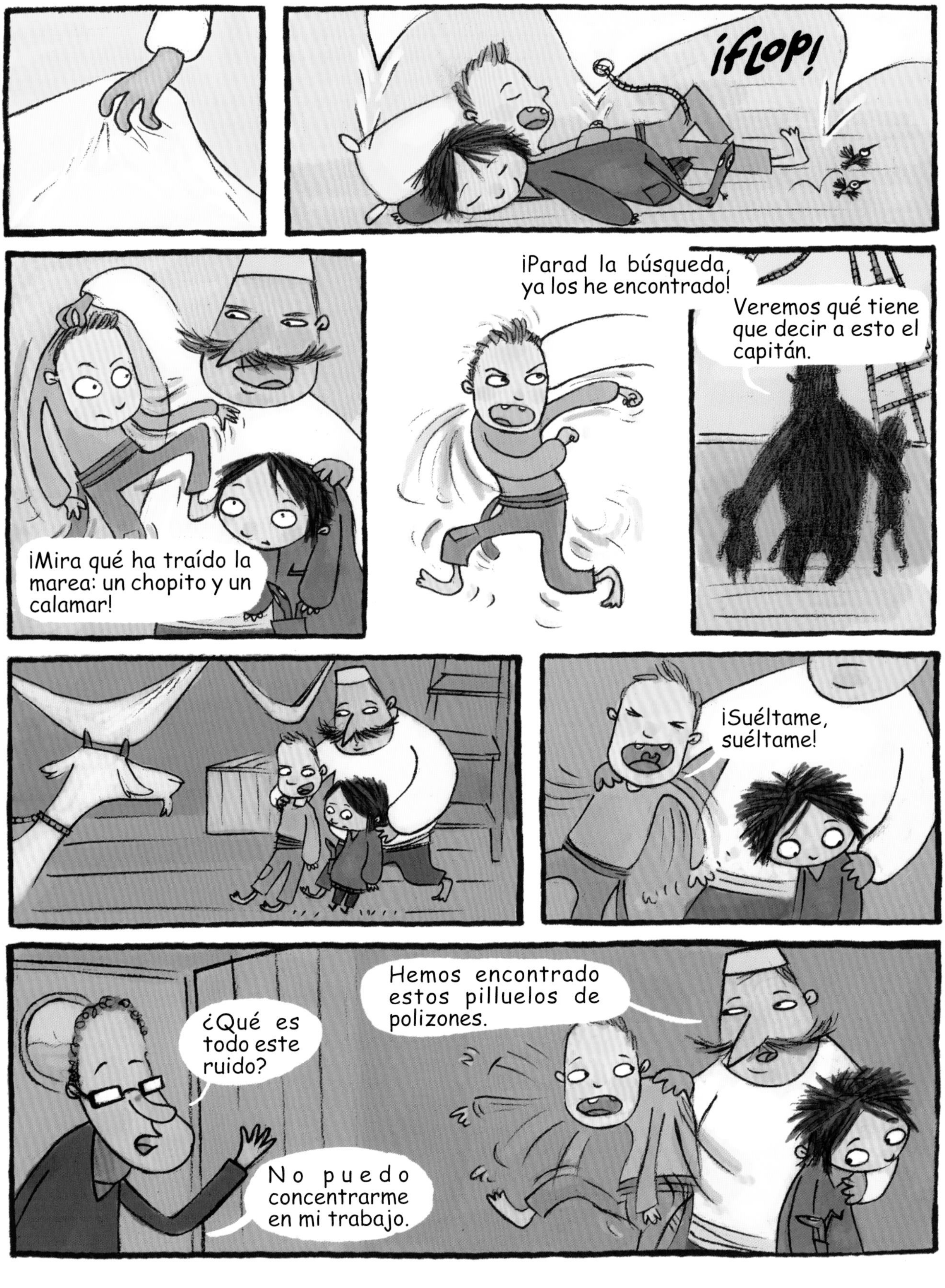
¡FLOP!
¡Mira qué ha traído la marea: un chopito y un calamar!
¡Parad la búsqueda, ya los he encontrado!
Veremos qué tiene que decir a esto el capitán.
¡Suéltame, suéltame!
¿Qué es todo este ruido?
No puedo concentrarme en mi trabajo.
Hemos encontrado estos pilluelos de polizones.

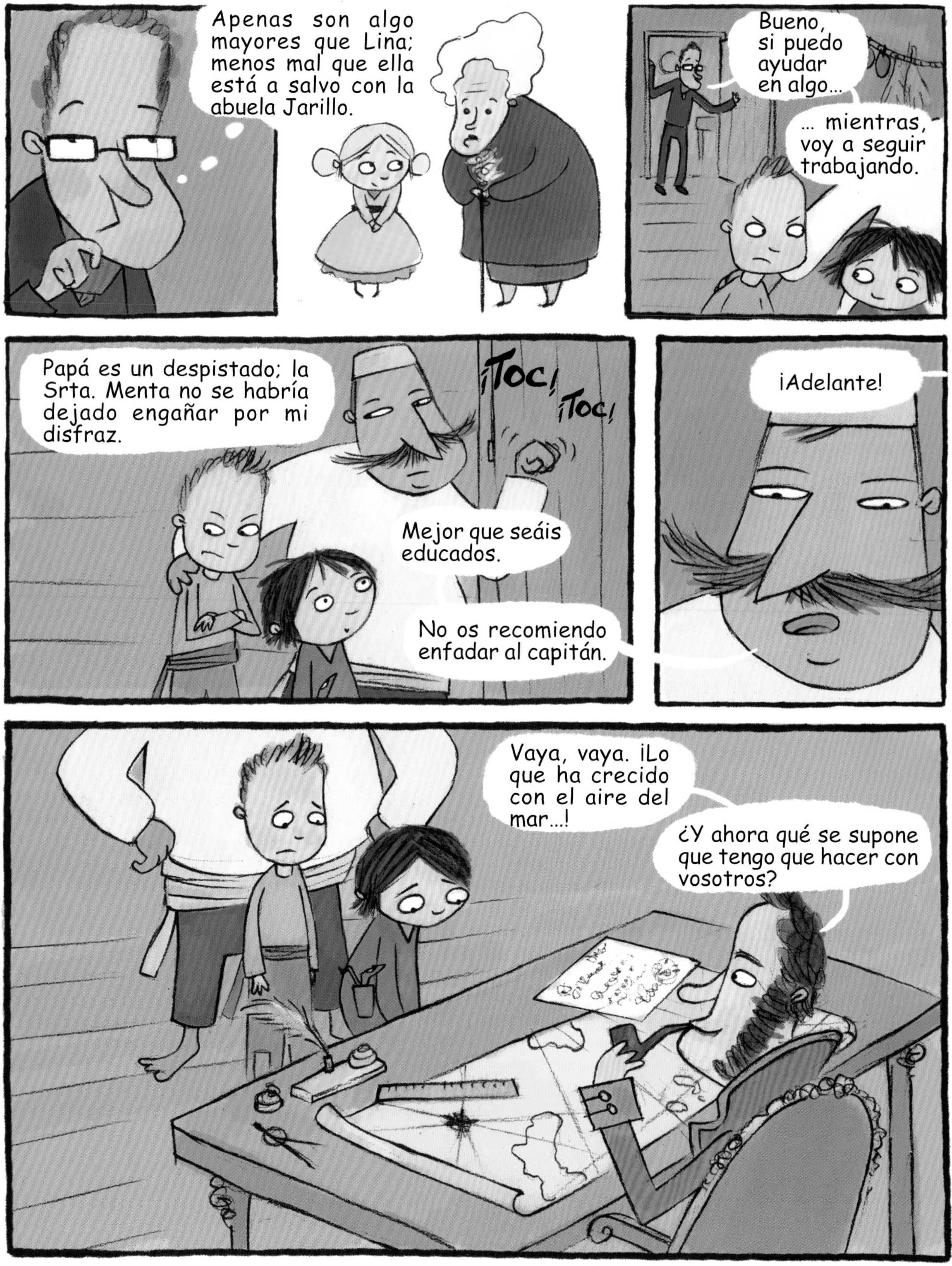
Apenas son algo mayores que Lina; menos mal que ella está a salvo con la abuela Jarillo.
Bueno, si puedo ayudar en algo...
... mientras, voy a seguir trabajando.
Papá es un despistado; la Srta. Menta no se habría dejado engañar por mi disfraz.
¡TOC! ¡TOC!
Mejor que seáis educados.
No os recomiendo enfadar al capitán.
¡Adelante!
Vaya, vaya. ¡Lo que ha crecido con el aire del mar...!
¿Y ahora qué se supone que tengo que hacer con vosotros?

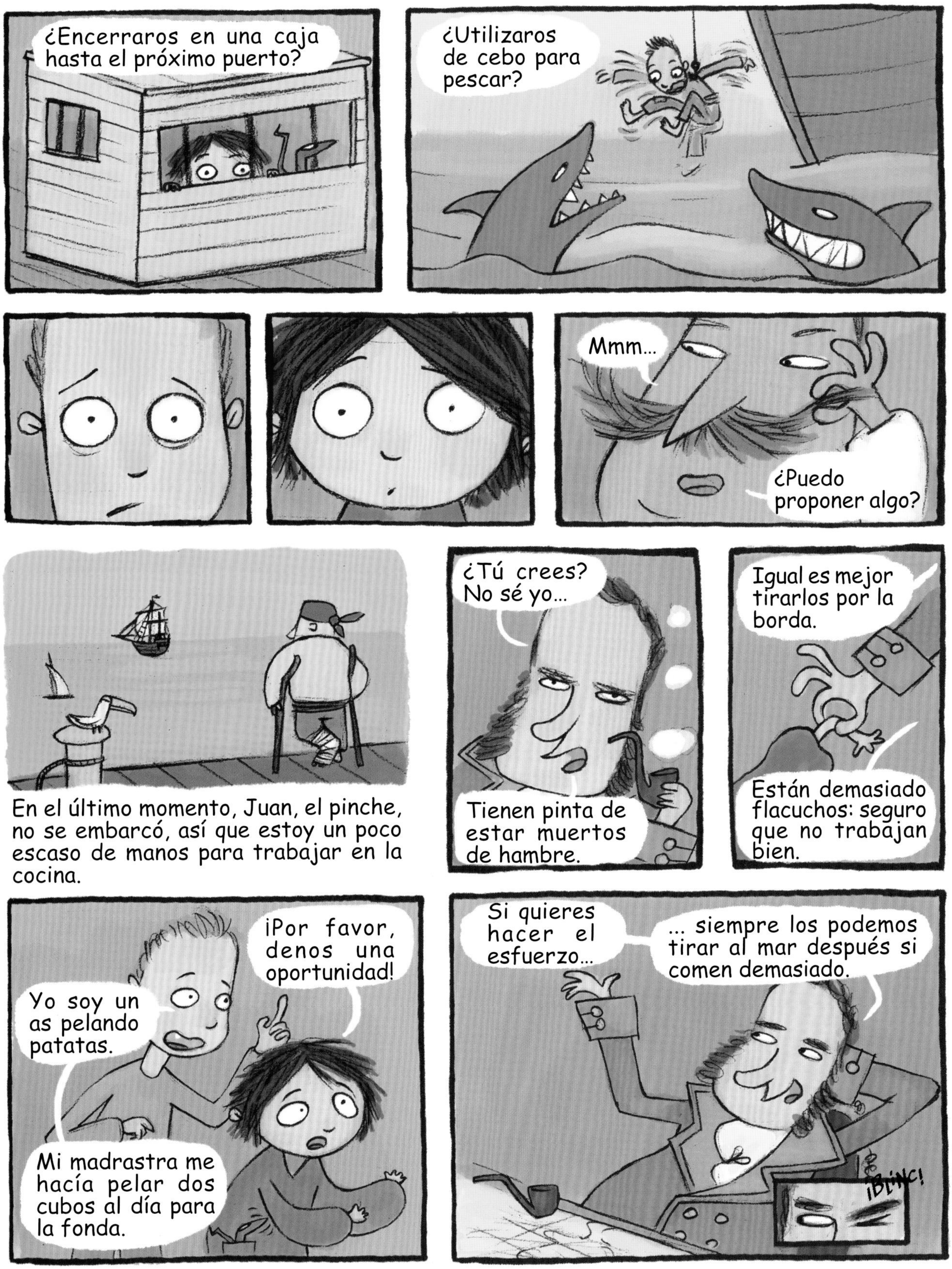
¿Encerraros en una caja hasta el próximo puerto?
¿Utilizaros de cebo para pescar?
Mmm...
¿Puedo proponer algo?
En el último momento, Juan, el pinche, no se embarcó, así que estoy un poco escaso de manos para trabajar en la cocina.
¿Tú crees? No sé yo...
Tienen pinta de estar muertos de hambre.
Igual es mejor tirarlos por la borda.
Están demasiado flacuchos: seguro que no trabajan bien.
¡Por favor, denos una oportunidad!
Yo soy un as pelando patatas.
Mi madrastra me hacía pelar dos cubos al día para la fonda.
Si quieres hacer el esfuerzo...
... siempre los podemos tirar al mar después si comen demasiado.
¡BLINC!

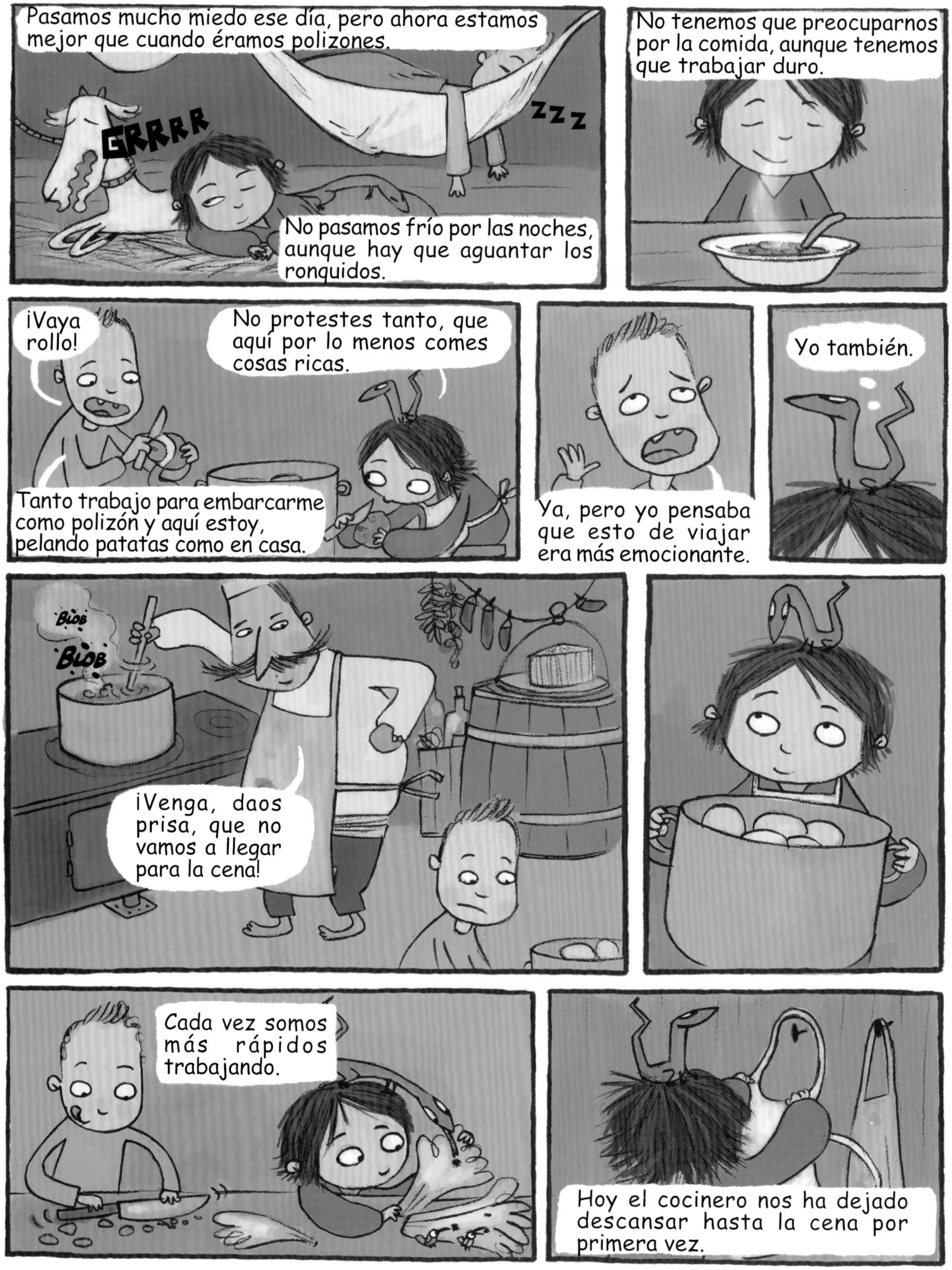
Pasamos mucho miedo ese día, pero ahora estamos mejor que cuando éramos polizones.
GRRRR
ZZZ
No pasamos frío por las noches, aunque hay que aguantar los ronquidos.
No tenemos que preocuparnos por la comida, aunque tenemos que trabajar duro.
¡Vaya rollo!
No protestes tanto, que aquí por lo menos comes cosas ricas.
Tanto trabajo para embarcarme como polizón y aquí estoy, pelando patatas como en casa.
Ya, pero yo pensaba que esto de viajar era más emocionante.
Yo también.
BLOB
BLOB
¡Venga, daos prisa, que no vamos a llegar para la cena!
Cada vez somos más rápidos trabajando.
Hoy el cocinero nos ha dejado descansar hasta la cena por primera vez.

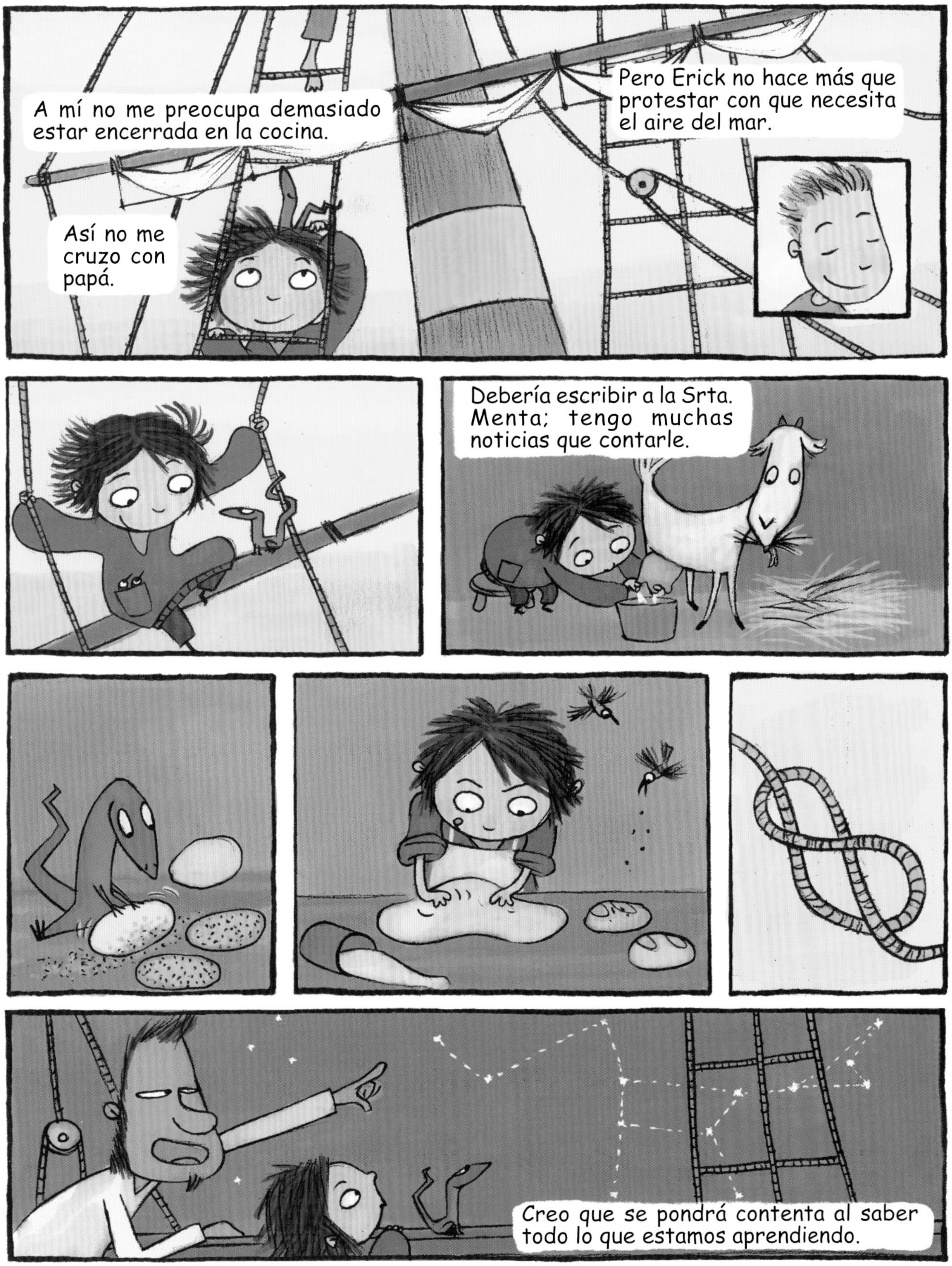
A mí no me preocupa demasiado estar encerrada en la cocina.
Así no me cruzo con papá.
Pero Erick no hace más que protestar con que necesita el aire del mar.
Debería escribir a la Srta. Menta; tengo muchas noticias que contarle.
Creo que se pondrá contenta al saber todo lo que estamos aprendiendo.

Querida Srta. Menta:

Llevamos ya dos semanas embarcadas en el *Horizonte*. Esmeralda y yo hemos conseguido un trabajo en la cocina. Estamos aprendiendo un montón de cosas y hemos hecho nuevos amigos; un chico que se llama Erick, Abadejo, el cocinero del barco, y la cabra Clementina.

Papá está bien, aunque todavía no sabe que estoy aquí. Esperamos que todo vaya bien por casa y las manzanas salgan dulces este año.

Buena cosecha,

Lina y Esmeralda

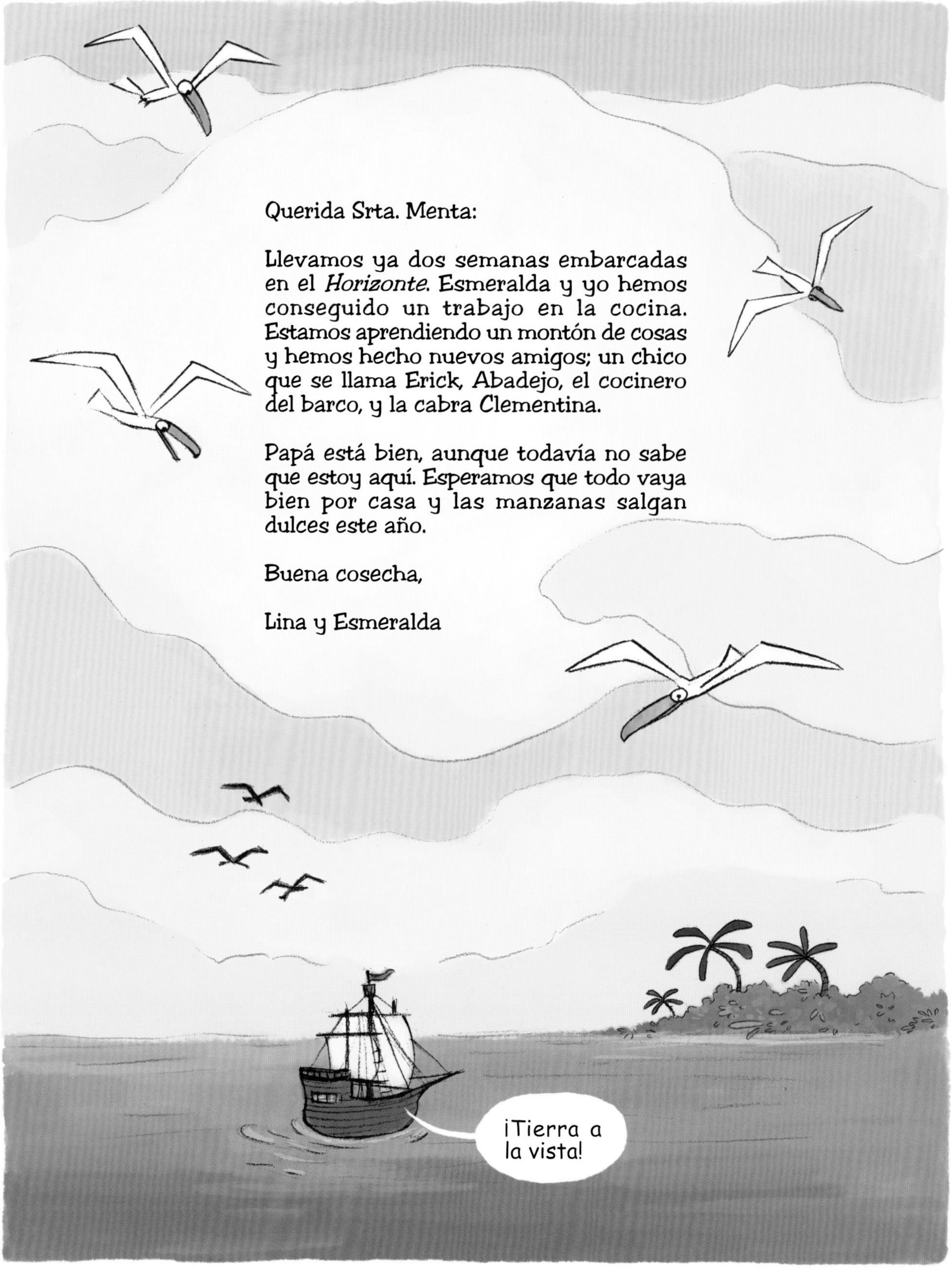
¡Tierra a la vista!

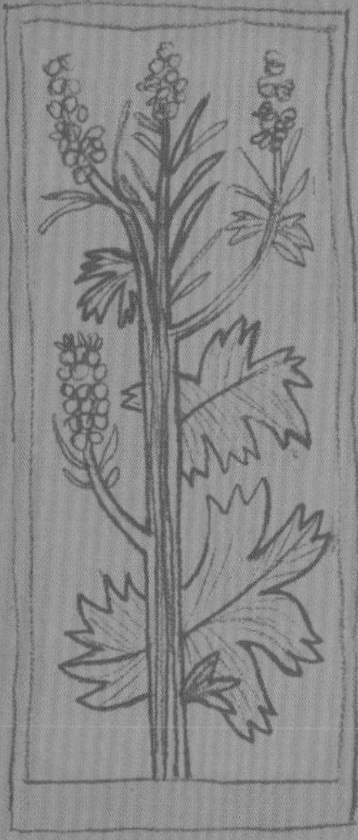
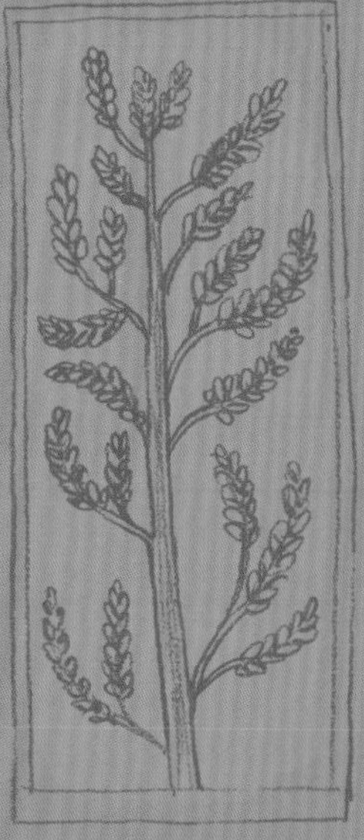
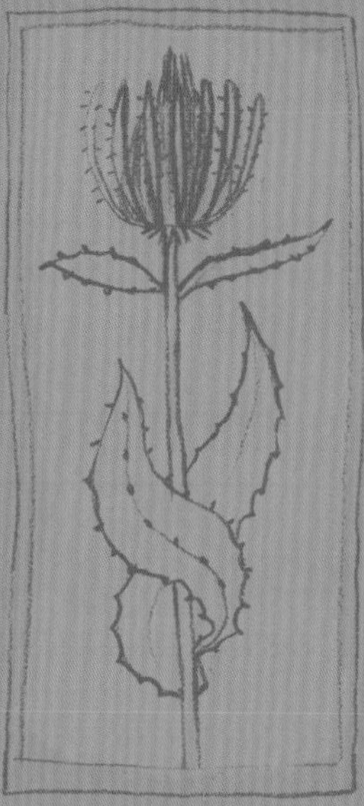
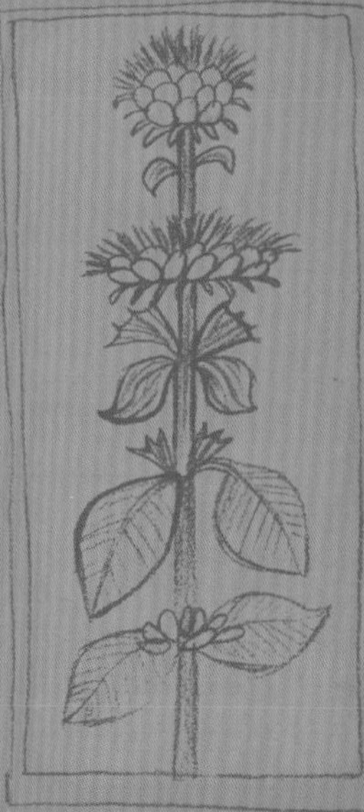
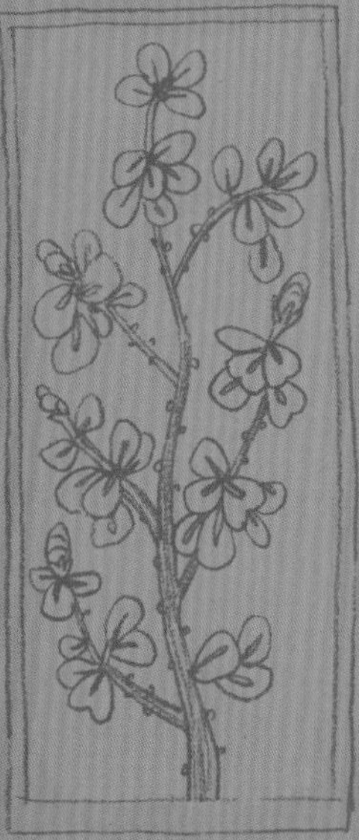
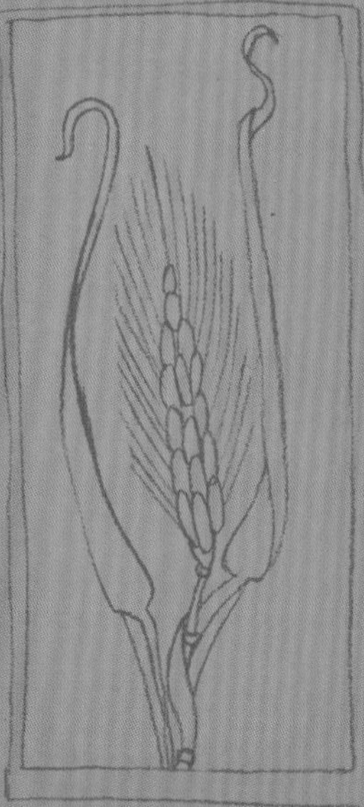
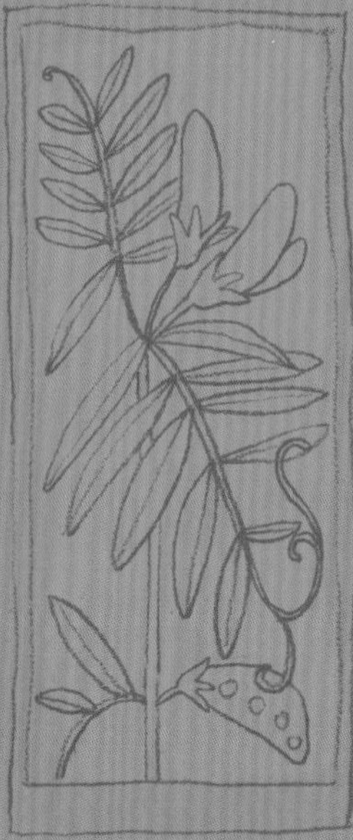
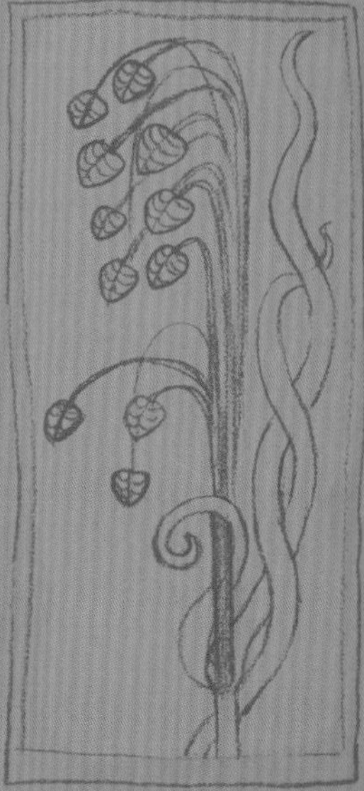
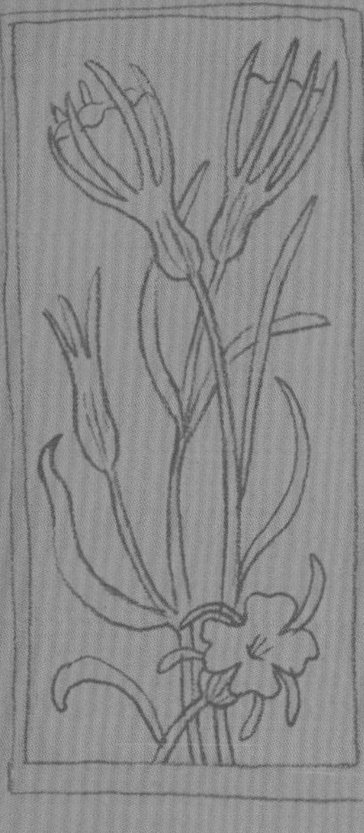
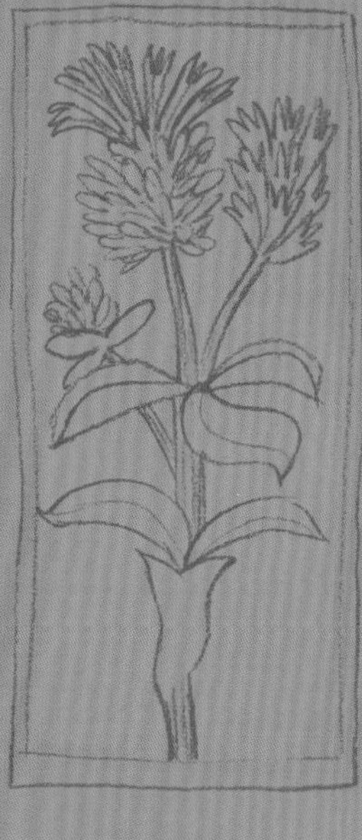
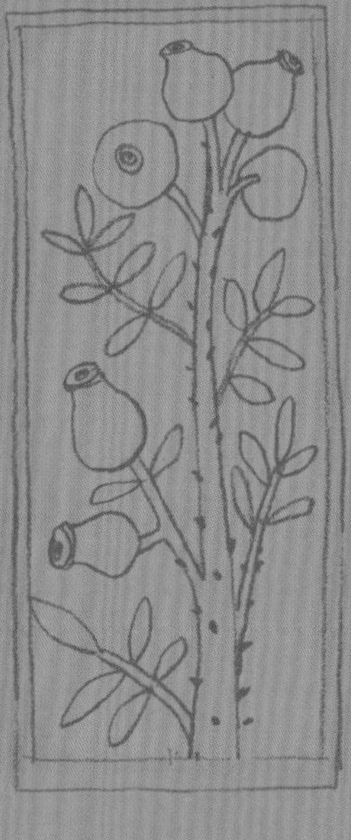
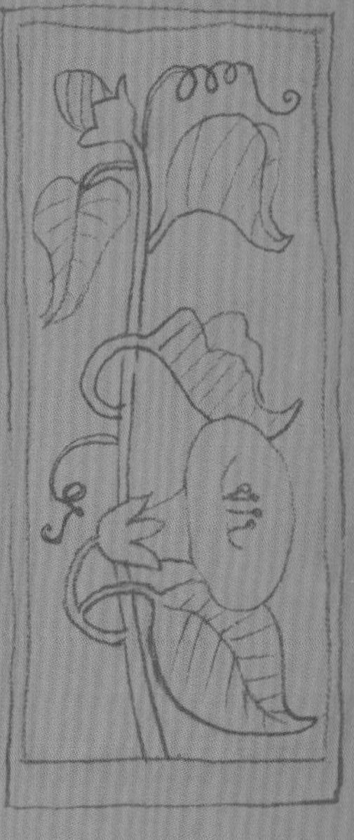

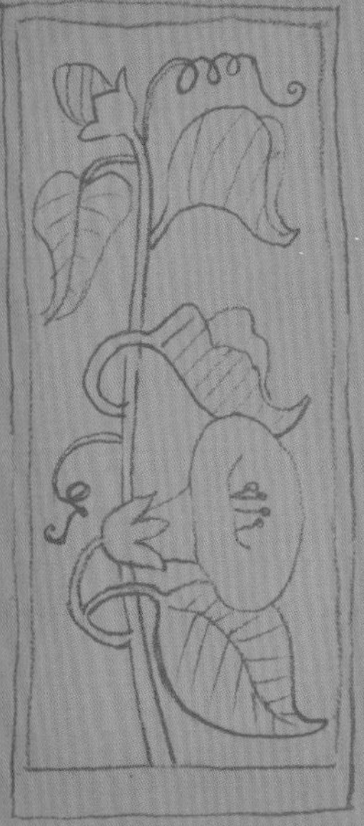
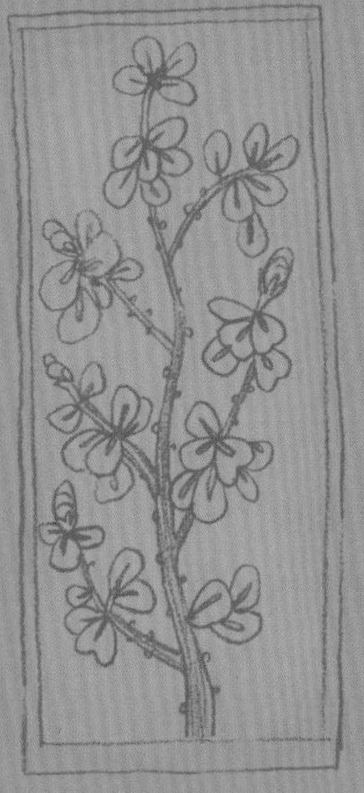
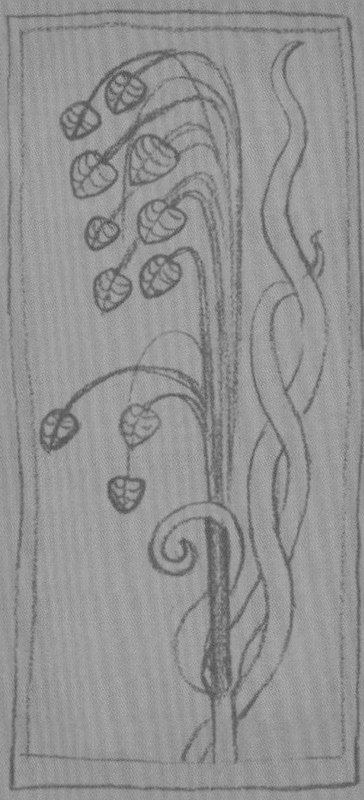
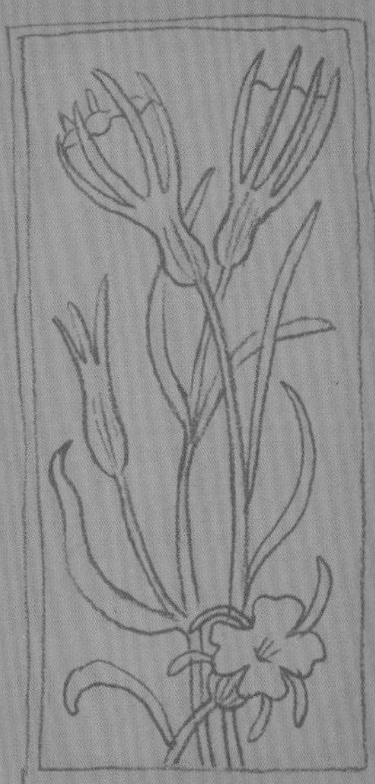
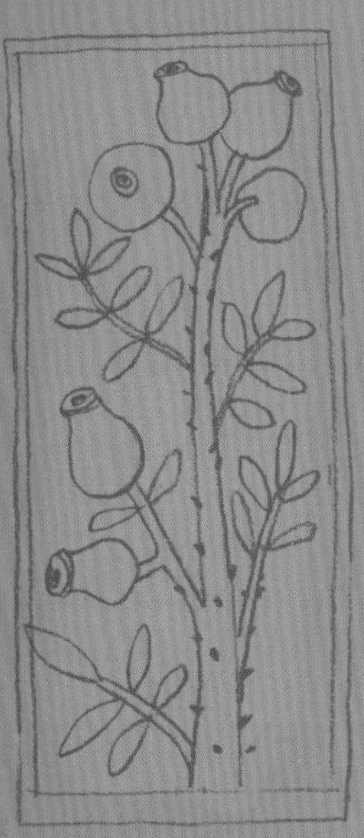
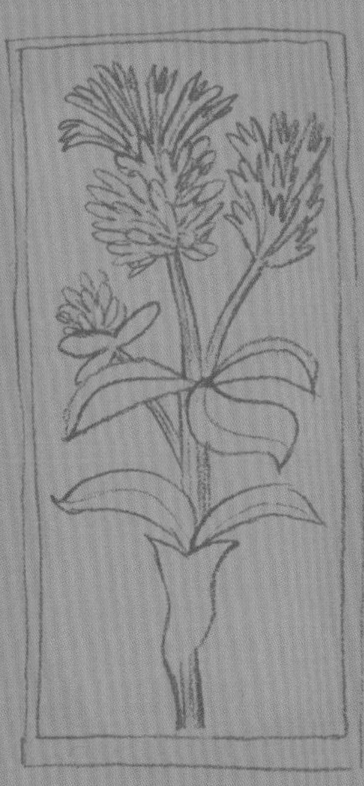
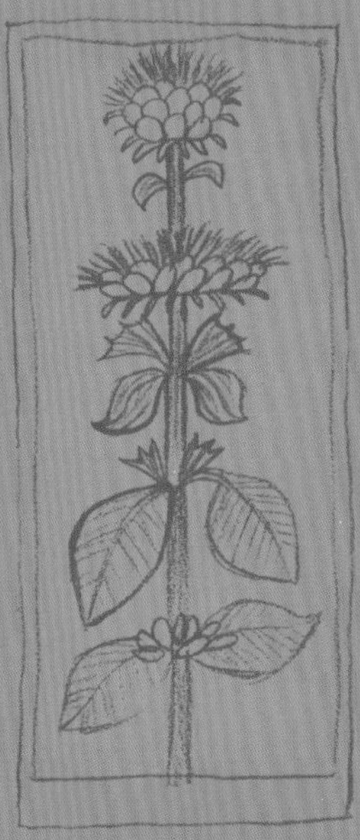
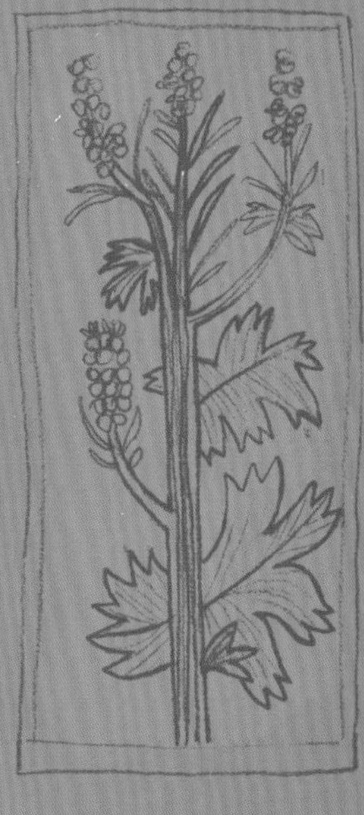
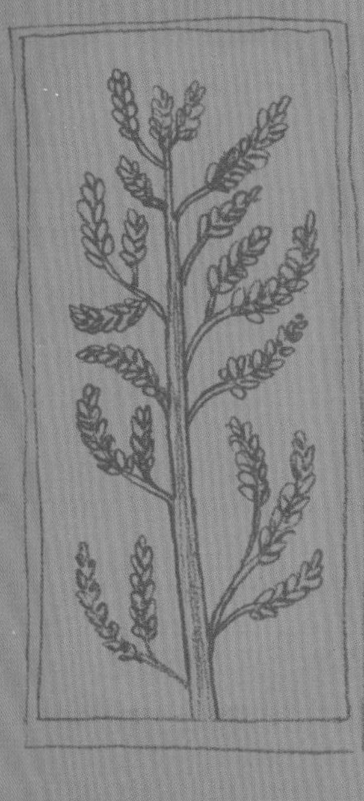
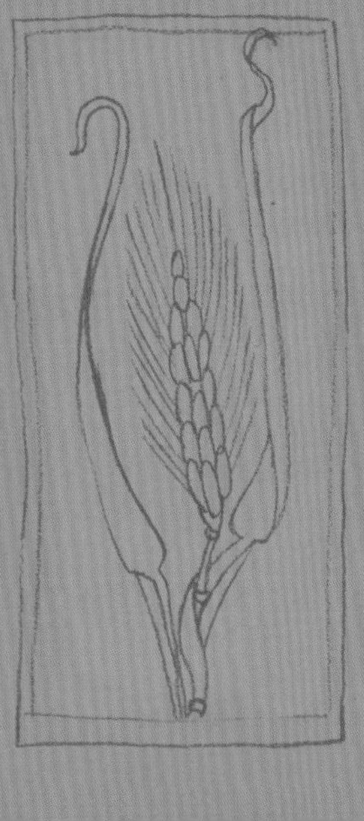
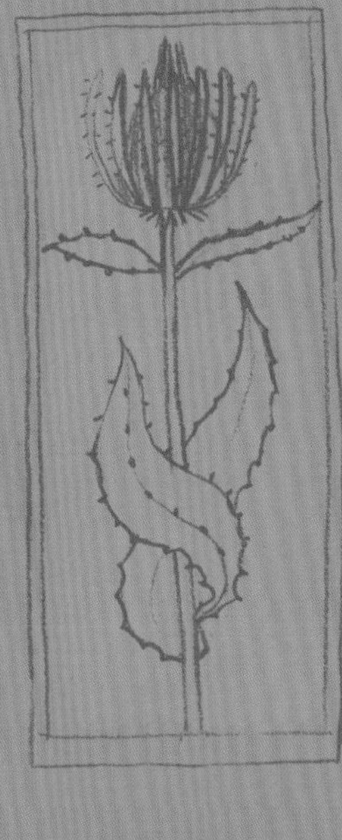
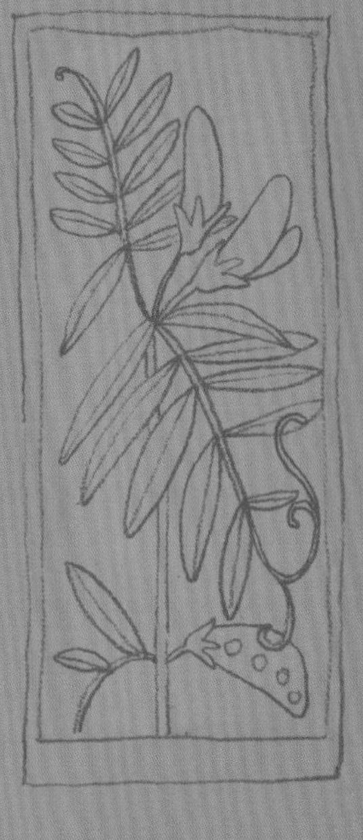